(明)吴承恩 撰

李卓吾先生批評西遊記

第六册

國家圖書館出版社

第六册目録

第三十三回

外道迷真性　元神助本心

却說那怪將八戒拿進洞去道哥哥阿拿將一個來了老魔喜道拿將我看二魔道這不是老魔道兄弟錯拿了這個和尚沒用八戒就綽經說道大王沒用的和尚放他出去罷不當人子二魔道哥哥不要放他雖然沒用也是唐僧一起的叫做豬八戒把他且浸在後邊淨水池中浸退了毛衣使鹽醃着晒乾了等天陰下酒八戒聽言道蹭蹬阿撞着個販醃臘的妖怪了那小妖把八戒擡進去拋在水裡不題却說三藏坐在坡前耳熱眼跳身體不安叫聲

悟空怎麽悟能這番巡山去之久而不來行者道師父還不曉得他的心哩三藏道他有甚心行者道師父阿此山若是有怪他半步難行一定虛張聲勢跑將回來報我想是無怪路途平靜他一直去了三藏道假若真個去了呌在那里相會此間乃是山野空濶處比不得那店市城井之間行者道師父莫慮且請上馬那獃子有些懶惰斷然走的遲慢你把馬打動些兒我們定赶上他一同去罷真個唐僧上馬沙僧挑担行者前面引路上山却說那老怪又喚二魔道兄弟你既拿了八戒斷然就有唐僧再去巡巡山來切莫放過他去二魔道就行就行你看他急點

起五十名小妖上山巡邏正走處只見祥雲縹緲瑞氣盤旋二魔道唐僧來了眾妖道唐僧在那里二魔道好人頭上祥雲照頂惡人頭上黑氣冲天那唐僧原是金蟬長老臨凡十世修行的好人所以有這祥雲縹緲眾怪都不看見二魔用手指道那不是那三藏就在馬上打了一個寒噤又一指又打個寒噤一連指了三指他就一連打了三個寒噤心神不寧道徒弟阿我怎麼打寒噤麽沙僧道打寒噤想是傷食病發了行者道胡說師父是走着這深山峻嶺必然小心虛驚莫怕莫怕等老孫把棒打一路與你壓壓驚好行者理開棒在馬前丟幾個解數上三下四左

五右六盡按那六韜三略使起神通那長老在馬上觀之真個是環中少有世上全無剖開路一直前行差些兒不諕倒那怪物他在山頂上看見魂飛魄喪忽失聲道幾年間聞說孫行者今日纔知話不虛傳果是真衆怪上前道大王怎麽長他人之志氣滅自巳之威風你誇誰哩二魔道孫行者神通廣大那唐僧吃他不成衆怪道大王你沒手段等我們着幾個去報大王教他點起本洞大小兵來擺開陣勢合力齊心怕他走了那里去二魔道你們不曾見他那條鉄棒有萬夫不當之勇我洞中不過有四五百兵怎禁得他那一棒衆妖道這等說唐僧吃不成却不把

豬八戒錯拿了。如今送還他罷。二魔道拿便也不曾錯拿

送便也不好輕送唐僧終是要吃。只是眼下還尚不能。衆

妖道這般說。還過幾年麽。二魔道。也不消幾年。我看見那

唐僧。只可善圖。不可惡取。若要倚勢拿他聞也不得一聞

只可以善去感他賺得他心與我心相合。却就善中取計

可以圖之。衆妖道。大王。如定計拿他可用我等。二魔道。你

們都各回本寨。但不許報與大王知道。若是驚動了他。必

然走了風訊。敗了我計策。我自有個神通變化。可以拿他

衆妖散去。他獨跳下山來。在那西方之傍。搖身一變。變做

個年老的道者。真個是怎生打扮。但見他

星冠晃亮，鶴髮蓬鬆，羽衣圍繡帶，雲履綴黃棕，神清目朗如仙客，體健身輕似壽翁，說甚麼清牛道士，也强如素券先生，粧成假像如真像，揑作虛情似實情

他在那大路傍，粧做個跌折腿的道士，脚上血淋津，口裡哼哼的，只叫救人救人，却說這三藏，仗着孫大聖與沙僧歡喜前來，正行處，只聽得叫師父救人，三藏聞得道善哉善哉，這曠野山中，四下里更無村舍，是甚麼人叫，想必是虎豹狼虫，諕倒的，這長老兜回俊馬，叫道那有難者，是甚人，可出來，這怪從草科裡爬出，對長老馬前，乒乓的叩，情磕頭，三藏在馬上見他是個道者，却又年紀高大，甚不過

意連忙下馬攙道請起請起。那怪道疼疼疼丟了手看處
只見他脚上流血。三藏驚問道先生呵你從那里來因甚
傷了尊足。那怪巧語花言虛情假意道師父阿此山西去
有一座清幽觀宇。我是那觀裡的道士。三藏道你不在本
觀中侍奉香火演習經法。爲何在此閑行。那魔道因前日
山南里施主家。邀道衆禳星。散福來晚。我師徒二人。一路
而行。行至深衢忽遇着一隻斑斕猛虎。將我徒弟銜去貧
道戰兢兢。亡命奔走。一跤跌在亂石坡上傷了腿足不知
回路。今日大有天緣。得見師父萬望師父大發慈悲救我
一命。若得到觀中就是典身賣命。一定重謝深恩。三藏聞

言認爲眞實道先生呵你我都是一命之人我是僧你是道衣冠雖別修行之理則同我不救你呵就不是出家之輩救便救你你却走不得路哩那怪道立也立不起來怎生走路三藏道也罷也罷我還走得路將馬讓與你騎一程到你上宮還我馬去罷那怪道師父感蒙厚情只是腿胯跌傷不能騎馬三藏道正是叫沙和尚你把行李稍在我馬上你馱他一程罷沙僧道我馱他那怪急回頭抹了他一眼道師父呵我被那猛虎諕怕了見這晦氣色臉的師父愈加驚怕不敢要他馱三藏叫道悟空你馱罷行者連聲答應道我馱我馱那妖就認定了行者順順的要他

馱、再不言語、沙僧笑道這個沒眼色的老道我馱着不好顛倒要他馱、他若看不見師父時、三尖石上、把觔都撌斷了你的哩、行者馱了、口中笑道、你這個潑魔怎麼敢來惹我、你也問問老孫是幾年的人兒、你這般鬼話兒、只好瞞唐僧、又好來瞞我、我認得你是這山中的怪物、想是要吃我師父哩、我師父又非是等閑之輩、是你吃的、你要吃他、也須是分多一半與老孫是、那魔聞得行者口中念誦、道師父、我是好人家兒孫、做了道士、今日不幸遇着虎狼之厄、我不是妖怪、行者道、你既怕虎狼、怎麼不念北斗經、三藏正然上馬、聞得此言、罵道這個潑猴、救人一命、勝造七級浮屠你馱他馱兒便罷了且講甚麽北斗經南斗經行者聞言道這廝造化哩我那師父是個慈悲好善之人又有些外好裡枒槎我待不馱你他就怪我馱便馱須要與你講開若是大小便先和我說若在脊梁上淋下來臊氣不堪且汚了我的衣服沒人漿洗那怪道我這般一把子年紀豈不知你的話說行者纔拉將起來背在身上同長老沙僧奔大路西行那山上高低不平之處行者留心慢走讓唐僧前去行不上三五里路師父與沙僧下了山凹之中行者卻望不見心中埋怨道師父偌大年紀再不曉得事體這等遠路就是空身子也還嫌手重恨不得了卻

又教我馱著這個妖怪莫説他是妖怪就是好人這們年紀也死得着了攢殺他罷馱他怎的這大聖正算計要攢原來那怪就知道了且會遣山就使一個移山倒海的法術就在行者背上捻訣念動真言把一座須彌山遣在空中劈頭來壓行者這大聖慌得把頭偏一偏壓在左肩臂上笑道我的兒你使甚麼重身法來壓老孫哩這個倒也不怕只是正擔好挑偏擔兒難挨那魔道一座山壓他不住却又念咒語把一座峨眉山遣在空中來壓行者又把頭偏一偏壓在右肩背上看他挑着兩座大山飛星來趕師父那魔頭看見就嚇得他渾身是汗遍體生津道他却會

擔山又整性情把真言念動將一座泰山遣在空中劈頭壓住行者那大聖力軟觔麻遭逢他這泰山下頂之法又壓得三尸神咋七竅噴紅好妖魔使神通壓倒行者却疾駕長風去赶唐三藏就于雲端裡伸下手來馬上撾人慌得個沙僧丟了行李掣出降妖棒當頭攩住那妖魔舉一口七星劍對面來迎這一塲好殺

七星劍降妖杖萬映金光如閃亮這個圓眼兇如黑殺神那個鉄臉真是捲簾將那怪山前大顯能一心要捉唐三藏這個努力保真僧一心寧死不肯放他兩個噴雲曖霧黷天宮播土揚塵遮斗象殺得那一輪紅日淡

無光大地乾坤昏蕩蕩來往相持八九回不期戰敗沙
和尚
那魔十分兇猛使口寶劍流星的解數滚來把個沙僧戰
得軟弱難搪回頭要走早被他逼住寶杖輪開大手攔住
沙僧挾在左脇下將右手去馬上拿了三藏脚尖兒鈎着
行李張開口咬着馬綜使起攝法把他們一陣風都拿到
蓮花洞裡厲聲高叫道哥哥這和尚都拿來了老魔聞言
大喜道拿來我看二魔道這不是老魔道賢弟啞又錯拿
來了也二魔道你說拿唐僧的老魔道是便就是唐僧只
是還不曾拿住那有手段的孫行者須是拿住他纔好吃

唐僧哩若不曾拿得他切莫動他的人那猴王神通廣大變化多般我們若吃了師父他肯甘心來那門前炒鬧莫想能得安生二魔笑道哥呵你也忒會擡舉人若依你誇獎他天上少有地下全無自我觀之也只如此沒甚手段老魔道你拿住了二魔道他已被我遣三座大山壓在山下寸步不能舉移所以纔把唐僧沙和尚連馬行李都攝將來也那老魔聞言滿心歡喜道造化造化拿住這厮唐僧纔是我們口裡的食哩叫小妖快安排酒來且與你二大王奉一個得功的杯兒二魔道哥哥且不要吃酒叫小的們把豬八戒撈上水來吊起遂把八戒吊在東廊沙僧

弔在西邊唐僧弔在中間白馬送在槽上行李收將進去老魔笑道賢弟好手段兩次捉了三個和尚但孫行者雖是有山壓住也須要作個法怎麽拿他來湊蒸纔好哩二魔道兄長請坐若要拿孫行者不消我們動身只教兩個小妖拿兩件寶貝把他裝將來罷老魔道拿甚麽寶貝去二魔道拿我的紫金紅葫蘆你的羊脂玉淨瓶老魔將寶貝取出道差那兩個去二魔道差精細鬼伶俐虫二人去分付道你兩個拿着這寶貝徑至高山絕頂將底兒朝天口兒朝地叫一聲孫行者他若應了就已裝在裏面隨即貼上太上老君急急如律令奉勑的帖兒他就一時三刻

化爲膿了二小妖叩頭將寶貝領出去拿行者不題卻說
那大聖被魔使法壓住在山根之下遇苦思三藏逢災念
聖僧厲聲叫道師父阿想當時你到兩界山揭了壓帖老
孫脫了大難秉教沙門感菩薩賜與法旨我和你同住同
修同緣同相同見同知怎想到了此處遭逢魔障又被他
遣山壓了可憐可憐你死該當只難爲沙僧八戒與那小
龍化馬一塲這正是樹大招風風撼樹人爲名高名喪人
嘆罷那珠淚如雨早驚動了山神土地與五方揭諦神衆會
金頭揭諦道這山是誰的土地道是我們的你山下壓的
是誰土地道不知是誰揭諦道你等原來不知這壓的是

五百年前大鬧天宮的齊天大聖孫悟空行者、如今皈依正果、跟唐僧做了徒弟、你怎麽把山借與妖魔壓他、你們是死了、他若有一日脫身出來、他肯饒你、就是罪輕、土地也問個擺站、山神也問個充軍、我們也領個大不應是、那山神土地纔怕道、委實不知、不知只聽得那魔頭念起遣山呪法、我們就把山移將來了、誰曉得是孫大聖、揭諦道、你且休怕、律上有云、不知者不坐罪、我與你計較放他出來、不要教他動手打你們、土地道、就沒理了、既放出來又打、揭諦道、你不知他有一條如意金箍棒、十分利害、打着的就死、挽着的就傷、磕一磕兒觔斷、擦一擦兒皮塌哩、那土地山神心中恐懼與五方揭諦商議了却來到三山門外叫道大聖山神土地五方揭諦來見好行者他虎瘦雄心還在自然的氣象昂昂聲音朗朗道見我怎的土地道告大聖得知遣開山請大聖出來赦小神不恭之罪行者道遣開山不打你喝聲起去就如官府發放一般那衆神念動真言呪語把山仍遣歸本位放起行者行者跳將起來抖抖土束束裙耳後掣出棒來叫山神土地都伸過孤拐來每人先打兩下與老孫散散悶衆神大驚道剛纔大聖已分付恕我等之罪怎麽出來就變了言語要打行者道好土地好山神你倒不怕老孫却怕妖怪土地道那魔

神通廣大、法術高強、念動眞言呪語、拘喚我等在他洞裡一日一個輪流當值哩、行者聽見當值二字、却也心驚、仰面朝天高聲大叫道、蒼天蒼天、自那混沌初分、天開地闢花果山生了我、我也曾遍訪明師、傳授長生秘訣、想我那隨風變化、伏虎降龍、大鬧天宮、名稱大聖、更不曾把山神土地欺心使喚、今日這個妖魔無狀、怎敢把山神土地喚爲奴僕、替他輪流當值、天阿、既生老孫、怎麽又生此輩、那大聖正感嘆間、又見山凹裡霞光焰焰而來、行者道、山神土地、你既在這洞中當值、那放光的是甚物件、土地道、那是妖魔的寶貝放光、想是有妖精拿寶貝來降你、行者道這個却好耍子兒阿我且問你他這洞中有甚人與他相往土地道他愛的是燒丹煉藥喜的是全真道人行者道怪道他變個老道士把我師父騙去了既這等你都且記打回去罷等老孫自家拿他那衆神俱騰空而散這大聖搖身一變變做個老真人你道他怎生打扮

頭挽雙髽髻身穿百衲衣手敲漁鼓簡腰繫呂公縧斜倚大路下專候小魔妖頃刻妖來到猴王暗放刁

不多時那兩個小妖到了行者將金箍棒伸開那妖不曾防備絆着腳撲的一跌爬起來纔看見行者口裏嚷道憊懶憊懶若不是我大王敬重你這行人就和比較起來行

者陪笑道比較甚麽道人見道人都是一家人那怪道你怎麽睡在這里絆我一跌行者道小道童見我這老道人要跌一跌兒做見面錢那妖道我大王見面錢只要幾兩銀子你怎麽跌一跌兒做見面錢你別是一鄉風決不是我這里道士行者道我當眞不是我是蓬萊山來的那妖道蓬萊山是海島神仙境界行者道我不是神仙誰是神仙那妖却回嗔作喜上前道老神仙老神仙我等肉眼凡胎不能識認言語沖撞莫怪莫怪行者道我不怪你常言道仙體不踏凡地你怎知之到今日到你山上要度一個成仙了道的好人那個肯跟我去精細鬼道師父我跟你

去伶俐虫道師父我跟你去行者明知故問道你二位從
那里來的那怪道自蓮花洞來的要往那里去那怪道奉
我大王教命拿孫行者去的行者道拿那個那怪又道拿
孫行者孫行者道可是跟唐僧取經的那個孫行者麽那
妖道正是正是你也認得他行者道那猴子有些無禮我
認得他我也有些惱他我與你同拿他去就當與你助功
那怪道師父不須你助功我二大王有些法術遣了三座
大山把他壓在山下寸步難移教我兩個拿寶貝來裝他
的行者道是甚寶貝精細鬼道我的是紅葫蘆他的是玉
淨瓶行者道怎麽樣裝他小妖道把這寶貝的底兒朝天

口兒朝地，叫他一聲，他若應了，就裝在裡面，貼上一張太上老君急急如律令奉敕的帖子，他就一時三刻化為膿了。行者見說，心中暗驚道，利害利害，當時日值功曹報信說有五件寶貝，這是兩件了，不知那三件又是甚麼東西。行者笑道，二位，你把寶貝借我看看。那小妖那知甚麼訣竅，就于袖中取出兩件寶貝，雙手遞與行者。行者見了，心中暗喜道，好東西，好東西，我若把尾子一抉，拽的跳起走了，只當是送老孫。忽又思道，不好不好，搶便搶去，只是壞了老孫的名頭，這叫做白日搶奪了。復遞與他去道，你還不曾見我的寶貝哩。那怪道，師父，有甚寶貝，也借與我凡人看着壓災好行者伸下手把尾上毫毛拔了一根捻一捻叫變即變做一個一尺七寸長的大紫金紅葫蘆自腰裡拿將出來道你看我的葫蘆麼那伶俐虫接在手看了道師父你這葫蘆長大有樣範好看却只是不中用行者道怎的不中用那怪道我這兩件寶貝每一個可裝千人

如此想頭從何而來

哩行者道你這裝人的何足稀罕我這葫蘆連天都裝在

可笑可笑

裡面哩那怪道就可以裝天行者道當真的裝天那怪道只怕是謊就裝與我們看看纔信不然決不信你行者道天若惱著我一月之間常裝他七八遭不惱着我就半年也不裝他一次伶俐虫道哥阿裝天的寶貝與他換了罷

精細鬼道他裝天的怎肯與我裝人的相換伶俐虫道若
不肯阿貼他這個淨瓶也罷行者心中暗喜道葫蘆換葫
蘆餘外貼淨瓶一件換兩件其實甚相應即上前扯住那
伶俐虫道裝天可換麽那怪道但裝天就換不換我是你
的兒子行者道也罷也罷我裝與你們看看好大聖抵頭
捻訣念個呪語叫那日遊神夜遊神五方揭諦神即去與
我奏上玉帝說老孫皈依正果保唐僧去西天取經路阻
高山師父苦厄妖魔那寶吾欲誘他換之萬千拜上將天
借與老孫裝閉半個時辰以助成功若道半聲不肯即上
靈霄殿動起刀兵那日遊神徑至南天門裡靈霄殿下啓

奏玉帝，備言前事。玉帝道：這潑猴頭，出言無狀，前者觀音來說，放了他保護唐僧。朕這里又差五方揭諦、四值功曹輪流護持，如今又借天裝，天可裝乎？纔說裝不得，那班中閃出哪吒三太子，奏道：萬歲，天也裝得。玉帝道：天怎樣裝？哪吒道：自混沌初分，以輕清爲天，重濁爲地。天是一團清氣，而扶托瑤天宮闕，以理論之，其實難裝。但只孫行者保唐僧西去取經，誠所謂泰山之福緣，海深之善慶。今日當助他成功。玉帝道：卿有何助？哪吒道：請降旨意，往北天門問眞武借皂雕旗，在南天門上一展，把那日月星辰閉了，對面不見人，捉白不見黑，哄那怪道，只說裝了天，以助行者成功玉帝聞言依卿所奏那太子奉旨前來北天門見眞武備言前事那祖師隨將旗付太子早有遊神急降大聖耳邊道哪吒太子來助功了行者仰面觀之只見祥雲繚繞果是有神却回頭對小妖道裝天罷小妖道要裝就裝只管阿綿花屎怎的行者道我方纔運神念呪來那小妖都睜着眼看他怎麽樣裝天這行者將一個假葫蘆兒拋將上去你想這是一根毫毛變的能有多重被那山頂上風吹去飄飄蕩蕩足有半個時辰方纔落下只見那南天門上哪吒太子把皂旗撥喇喇展開把日月星辰俱遮閉了眞是乾坤墨染就宇宙靛粧成二小妖大驚道纔說

話時、只好向午、這怎麽就黃昏了、行者道天既裝了、不辨時候、怎不黃昏、如何又這等樣黑、行者道、日月星辰、都裝在裡面、外却無光、怎麽不黑、小妖道、師父、你在那廂說話哩、行者道我在你面前不是、小妖伸手摸着道只見說話、更不見面目、師父、此間是甚麽去處、行者又哄他道、不要動脚、此間乃是渤海岸上、若塌了脚、落下去呵、七八日還不得到底哩、小妖大驚道、罷罷罷、放了天罷、我們曉得是這樣裝了、若弄一會子、落下海去、不得歸家、好行者見他認了真實、又念呪語、驚動太子、把旗捲起、却早見日光正午、小妖笑道妙阿妙阿、這樣好寶貝、若不換阿、誠爲不是養家的兒子。那精細鬼交了葫蘆。伶俐蟲拿出淨瓶。一齊兒遞與行者。行者却將假葫蘆兒遞與行者。當下既換了寶貝。却又幹事找絕。臍下拔一根毫毛。吹口仙氣。變作一個銅錢。叫道。小童。你拿這個錢去買張紙來。小妖道。何用。行者道。我與你寫個合同文書。你將這兩件裝人的寶貝。換了我一件裝天的寶貝。恐人心不平。向後去日久年深。有甚反悔。不便。故寫此各執爲照。小妖道。此間又無筆墨。寫甚文書。我與你賭個呪罷。行者道。怎麽樣賭。小妖道。我兩件裝人之寶貼換你一件裝天之寶。若有返悔。一年四季遭瘟。行者笑道。我是決不返悔。如有返悔。也照你四季遭瘟說了誓將身一縱把尾子趯了一趯跳在南天門前謝了哪吒太子摩旗相助之功太子回宮繳旨將旗送還真武不題這行者佇立霄漢之間觀看那個小妖畢竟不知怎生區處且聽下回分解

總評

說到裝天処令人絕倒何物文人奇幻至此大抵文人之筆無所不至然到裝天葫蘆亦觀止矣

第三十四回

魔頭巧算困心猿　大聖騰那騙寶貝

却說那兩個小妖將假葫蘆拿在手中爭看一會忽擡頭不見了行者伶俐虫道哥呵神仙也會打誑語他說換了寶貝度我等成仙怎麽不辭就去了精細鬼道我們相應便宜的多哩他敢去得成拿過葫蘆來等我裝裝天也試（游戲至此）演試演看真個把葫蘆往上一抛撲的就落將下來慌得個伶俐虫道怎麽不裝不裝莫是孫行者假變神仙將假葫蘆換了我們真的去耶精細鬼道不要胡說孫行者是那三座山壓住了怎生得出拿過來等我念他那幾句呪

兒裝了看道怪也把葫蘆口望空丢起口中念道若有半聲言就上靈霄殿上動起刀兵念不了撲的又落將下來兩妖道不妨不妨一定是個假的正嚷處孫大聖在半空裡聽得明白看得真實恐怕他弄得時辰多了緊要處走了風訊將身一抖把那變葫蘆的毫毛收上身來弄得那兩妖四手皆空精細鬼道兄弟拿葫蘆來伶俐虫道你拿著的天呀怎麼不見了都去地下亂摸草裡胡尋袖子揣腰間那里得有二妖嚇得呆呆掙掙道怎的好怎的好當時大王將寶貝付與我們教拿孫行者今行者既不曾拿得連寶貝都不見了我們怎敢去回話這一頓直直

的打死了也怎的好怎的好伶俐虫道我們走了罷精細怪道往那里走麼伶俐虫道不管那里走罷若回去說沒寶貝斷然是送命了精細鬼道不要走還回去二大王平日看你甚好我推一句兒在你身上他若肯將就留討性命說不過就打死還在此間莫弄得兩頭不著去來去來那怪商議了轉步回山行者在半空中見他回去又提身一變變作蒼蠅兒飛下去跟著小妖○亦○洗○發○你道他既變了蒼蠅那寶貝却放在何處如丟在路上藏在草裡被人看見拿去却不是勞而無功他還帶在身上帶在身上呵蒼蠅不過豆粒大小如何容得撚來他那寶貝與他金箍棒相同

叫做如意佛寶隨身變化可以大可以小故身上亦可藏
得他嚶的一聲飛下去跟定那怪不一時到了洞裡只見
那兩個魔頭坐在那里飲酒小妖朝上跪下行者就釘在
那門櫃上側耳聽著小妖道大王二老魔即停盃道你們
來了小妖道來了又問拿著孫行者否小妖叩頭不敢聲
言老魔又問又不敢應只是叩頭問之再三小妖俯伏在
地赦小的萬千死罪赦小的萬千死罪我等執著寶貝走
到半山之中忽遇著蓬萊山一個神仙他問我們那里去
我們答道拿孫行者去那神仙聽見說孫行者他也惱他
要與我們幫功是我們不曾叫他幫功却將拿寶貝裝人

的情由與他說了那神仙也有個葫蘆善能裝天我們也是妄想之心養家之意他的裝天我的裝人與他換了罷原說葫蘆換葫蘆伶俐蟲又貼他個淨瓶誰想他仙家之物經不得凡人之手正試演處就連人都不見了萬望饒小的們死罪老魔聽說暴燥如雷道罷了罷了這就是孫行者假粧神仙騙哄去了那猴頭神通廣大處處人熟不知那個毛神放他出來騙去寶貝二魔道兄長息怒叵耐那猴頭著然無禮既有手段便走了也罷怎麽又騙寶貝我若没本事拿他永不在西方路上爲怪老魔道怎生拿他二魔道我們有五件寶貝去了兩件還有三件務要拿

任他老魔道還有那三件二魔道還有七星劍與芭蕉扇在我身邊那一條幌金繩在壓龍山壓龍洞老母親那里收著哩如今差兩個小妖去請母親來吃唐僧肉就教他帶幌金繩來拿孫行者老魔道差那個去二魔道不差這樣廢物去將精細鬼伶俐虫二声喝起二人道造化造化打也不曾打罵也不曾罵却就饒了二魔道叫那常隨的伴當巴山虎倚海龍來二人跪下二魔分付道你却要小心俱應道小心却要仔細俱應道仔細又問道你認得老奶奶家麽又俱應道認得你既認得你快早走動到老奶奶處多多頂上說請吃唐僧肉哩就著帶幌金繩來要拿

孫行者。二怪領命疾走。怎知那行者在傍。一一聽得明白。他展開翅飛將去。赶上巴山虎。釘在他身上。行經二三里。就要打殺他兩個。又思道。打死他。有何難事。但他奶奶身邊有那幌金索。又不知在在何處。等我且問他一問。再打。好行者。嚶的一聲。躲離小妖。讓他先行有百十步。却又搖身一變。也變做個小妖兒。戴一頂狐皮帽子。將虎皮裙子倒插上來勒住。赶上道。走路的等我一等。那倚海龍回頭問道。是那里來的。行者道。好哥呵。連自家人也認不得。小妖道。我家沒有你。行者道。怎麼沒我。你再認認。小妖道面生面生。不曾相會。行者道。正是你們不曾會著我。我是外班的小妖道外班長官是不曾會你往那里去行者道大王說差你二位請老奶奶來吃唐僧肉教他就帶幌金繩來拿孫行者恐你二位走得緩有些貪頑悞了正事又差我來催你們快去小妖見說著海底眼更不疑惑把行者果認做一家人急急忙忙往前飛跑一氣又跑有八九里行者道忒走快了些我們離家有多少路了小怪道有十五六里了行者道還有多遠倚海龍用手一指道烏林子里就是行者擡頭見一帶黑林不遠料得那老怪只在林子裡外卻立定步讓那小怪前走卽取出鐵棒走上前著脚後一刮可憐忒不禁打就把兩個小妖刮做一團肉

餅却拖著腳藏在路傍深草科裡即便拔下一根毫毛吹口仙氣叫變變做個巴山虎自身却變做個倚海龍假妝做兩個小妖徑往那壓龍洞請老奶奶道叫做七十二變神通大指物騰那手段高三五步跳到林子裡找尋處只見有兩扇石門半開半掩不敢擅入只得洋叫一聲開門開門早驚動那把門的一個女怪將那半扇兒開了道你是那里來的行者道我是平頂山蓮花洞裡差來請老奶奶的那女怪道進去到了三層門下閃著頭往裡觀看又見那正當中高坐著一個老媽媽兒你道他怎生模樣

但見

雪鬢蓬鬆星光幌亮臉皮紅潤皺文多牙齒稀疏神氣壯貌似菊花霜裡色形如松樹雨餘顏頭纏白練攢絲髻耳墜黃金嵌寶環

孫大聖見了不敢進去只在二門外仰着臉脫脫的哭起來你道他哭怎的莫成是怕他就怕也便不哭況先哄了他的寶貝又打死他的小妖卻爲何而哭他當時曾下九鼎油鍋就渫了七八日也不曾有一點淚兒只爲想起唐僧取經的苦惱他就淚出痛腸故此便哭心卻想道老孫既顯手段變做小妖來請這老怪沒有個直直的站了說話之理一定見他磕頭纔是我爲人做了一場好漢止拜

了三個人西天拜佛祖南海拜觀音兩界山師父救了我我拜了他四拜為他使碎六葉連肝肺用盡三毛七孔心一卷經能值幾何今日卻教我去拜此怪若不跪拜必定走了風訊苦呵算來只為師父受困故使我受辱于人到此際也沒及奈何撞將進去朝上跪下道奶奶磕頭那怪道我兒起來行者暗道好好好叫得結實老怪問道你是那里來的行者道平頂山蓮花洞蒙二位大王有令差來請奶奶去吃唐僧肉教帶幌金繩要拏孫行者哩老怪大喜道好孝順的兒子就去叫擡出轎來行者道我的兒阿妖精也擡轎後壁廂即有兩個女怪擡出一頂香藤轎放

在門外，掛上青絹幃幔，老怪起身出洞，坐在轎裡，後有幾個小女妖，捧著減粧，端著鏡架，提著手巾，托著香盒，跟隨左右。那老怪道：你們來怎的？我往自家兒子去處，愁那裡沒人伏侍，要你們去獻勤塌嘴，都回去，關了門看家。那幾個小妖，果俱回去，止有兩個擡轎的。老怪問道：那差來的叫做甚麼名字？行者連忙答應道：他叫做巴山虎，我叫做倚海龍。老怪道：你兩個前走，與我開路。行者暗想道：可是晦氣！經倒不曾取得，且來替他做皂隸。却又不敢抵強，只得向前引路，大四聲喝起。行了五六里遠近，他就坐在石崖上等候。那擡轎的到了，行者道：略歇歇如何？壓得肩頭將呵小怪那知甚麼訣竅就把轎子歇下行者在轎後胸脯上拔下一根毫毛變做一個大燒餅抱著啃轎夫道長官你吃的是甚麼行者道不好說這遠的路來請奶奶沒些兒賞賜肚裡餓了原帶來的乾粮等我吃些兒再走轎夫道把些兒我們吃吃行者笑道來麼都是一家人怎麼計較那小妖不知好歹圍住行者分其乾粮被行者掣出棒著頭一磨一個湯著的打得稀爛一個擦著的不死還哼那老怪聽得人哼轎子裡伸出頭來看時被行者跳到轎前劈頭一棍打了個窟窿腦漿迸流鮮血直冒拖出轎來看處原是個九尾狐狸行者笑道這業畜叫甚麼老奶

奶奶你叫老奶奶就該稱老孫做上太祖公公是好猴王把他那幌金繩搜出來籠在袖裡歡喜道那潑魔縱有手段巴此三件兒寶貝姓孫了却又拔兩根毫毛變做個巴山虎倚海龍又拔兩根變做兩個擡轎的他却變做老奶奶模樣坐在轎裡將轎子擡起徑回本路不多時到了蓮花洞口那毫毛變的小妖俱在前道開門開門內有把門的小妖開了門道巴山虎倚海龍來了毫毛道來了你們請的奶奶哩毫毛用手指道那擡轎的不是小怪道你且在等我進去先報報道大王奶奶來耶兩個魔頭聞說即命排香案來接行者聽得暗喜道造化也輪到我爲人了我

先變小妖去請老怪磕了他一個頭這番來我變老怪是他母親定行四拜之禮雖不怎的好道也撰他兩個頭兒好大聖下了轎子抖抖衣服把那四根毫毛收在身上那把門的小妖把空轎擡入門裡他却隨後徐行那般嬌嬌齊齊扭扭捏捏就像那老怪的行動徑自進去又只見大小羣妖都來跪接鼓樂簫韶一派響亮博山爐裡靄靄香煙他到正廳上南面坐下兩個魔頭雙膝跪倒朝上叩頭叫道母親孩兒拜揖行者道我兒起來却說猪八戒吊在梁上哈哈的笑了一聲沙僧道二哥好阿吊出笑來也八戒道兄弟我笑中有故沙僧道甚故八戒道我們只怕是

奶奶來了就要蒸吃原來不是奶奶是舊甚麼舊話八戒笑道弼馬溫來了沙僧道你怎麼認得是他八戒道灣倒腰叫我見起來那後面就擄起猴尾耙子我比你吊得高所以看得明也沙僧道且不要言語聽他說甚麼話八戒道正是正是那孫大聖坐在中間問道我兒請我來有何事幹魔頭道母親呵連日兒等少禮不曾孝順得今早愚兒弟拿倒東土唐僧不敢擅吃請母親來獻獻生好蒸與母親吃了延壽行者道我兒唐僧的肉我倒不吃聽見有個豬八戒的耳躲甚可可割將下來整治整治我下酒那八戒聽見慌了道遭瘟的你來爲割我耳

傢的我喊出來不好聽呵噫只為獃子一句通情話，走了猴王變化的風。那里有幾個巡山的小怪，把門的衆妖，都撞將進來，報道大王，禍事了。孫行者打殺奶奶，他粧來耶。魔頭聞此言，那容分說，掣七星寶劍，望行者劈面砍來。好大聖，抽身一幌，只見滿洞紅光，預先走了。似這般手段，着實好耍子。正是那聚則成形，散則成氣，諕得個老魔頭魂飛魄散，衆羣精噬指搖頭。老魔道，兄弟，把唐僧與沙僧八戒白馬行李，都送還那孫行者，閉了是非之門罷。二魔道，哥哥，你說那里話。我不知費了多少辛勤，施這計策，將那和尚都攝將來。如今似你這等怕懼孫行者的詭譎，就俱送去還他，真所謂畏刀避劍之人，豈大丈夫之所為也，哥哥且請坐，勿懼，我聞你說孫行者神通廣大，我雖與他相會一塲，卻不曾與他比試，取披掛來，等我尋他交戰三合，假若他三合勝我，不過唐僧還是我們之食，如三戰我不能勝他，那時再送唐僧與他未遲，老魔道，賢弟說得是，教取披掛，衆妖擡出披掛，二魔結束齊整，執寶劍出門外，叫聲孫行者，你往那裏走了，此時大聖已在雲端裏，聞得叫他名字，急回頭觀看，原來是那二魔，你看他怎生打扮，

頭戴鳳盔欺臘雪，身披戰甲幌鑌鐵，腰間帶是蟒龍觔，粉皮靴靿梅花摺，顏如灌口活真君，貌比巨靈無二別

七星寶劍手中擎。怒氣冲霄威烈烈。

二魔高叫道孫行者快還我寶貝。與我母親來。我饒你唐僧取經去。大聖忍不住。罵道這潑怪物錯認了你孫外公趕早兒送還我師父師弟白馬行囊。仍打發我些盤纏往西走路。若牙縫裡道半個不字。就自家搓根繩兒去罷也免得你外公動手。二魔聞言。急縱雲跳在空中。輪寶劍來刺行者。掣鐵棒。劈手相迎。他兩個在半空中這場好殺。

棋逢對手。將遇良才。棋逢對手難藏興。將遇良才可用功。那兩員神將相交。好便似南山虎鬬。北海龍爭。龍爭處鱗甲生輝。虎鬬時爪牙亂落。爪牙亂落撒銀鈎。鱗甲生輝支鐵葉這一個翻翻復復有千般解數那一個銅[illegible]來往往無半點放閑金箍棒離頂門只隔三分七星劍向心窩惟爭一蹍那個威風逼得斗牛寒這個怒氣勝如雷電險

他兩個戰了有三十回合不分勝負行者暗喜道這潑怪倒也架得住老孫的鐵棒我已得了他三件寶貝却這般苦苦的與他廝殺可不悞了我的工夫不若拿葫蘆或淨瓶裝他去多少是好又想道不好不好常言道物隨主便倘若我叫他不答應却又不悞了事業且使幌金繩扣頭罷好大聖一隻手使棒架住他的寶劍一隻手把那繩拋

起倒喇喇的扣了魔頭原來那魔頭有個緊繩呪有個鬆繩呪若扣住別人就念緊繩呪莫能得脫若扣住自家人就念鬆繩呪不得傷身他認的是自家的寶貝即念鬆繩呪把繩鬆動便脫出來返望行者拋將去却早扣住了大聖大聖正要使瘦身法想要脫身却被那魔念動緊繩呪緊緊扣住怎能得脫褪至頸項之下原是一個金圈子套住那怪將繩一扯扯將下來照光頭上砍了七八寶劍行者頭皮兒也不曾紅了一紅那魔道這猴子你這等頭硬我不砍你且帶你回去再打你將我那兩件寶貝趁早還我行者道我拿你甚麼寶貝你問我要那魔頭將身上細細

搜檢却將那葫蘆淨瓶都搜出來又把繩子牽着帶至洞裡道兄長拿將來了老魔道拿了誰來二魔道孫行者你來看你來看老魔一見認得是行者滿面喜笑道是他是他把他長長的繩兒拴在柱科上耍子眞個把行者拴住兩個魔頭却進後面堂裡飲酒那大聖在柱根下爬蹅忽驚動八戒那獃子吊在梁上哈哈的笑道哥哥呵耳朵喫不成了行者道獃子可吊得自在麼我如今就出去管情救了你們八戒道不羞不羞本身難脫還想救人罷罷罷師徒們都在一處死了好到陰司裡問路行者道不要胡說你看我出去八戒道我看你怎麼出去那大聖口裡與

八戒說話眼裡却看著那些妖怪見他在裡邊吃酒有幾
個小妖拿盤拿盞執壺灑酒不住的兩頭亂跑關防的略
鬆了些兒他見面前無人就弄神通順出棒來吹口仙氣
叫變即變做一個純鋼的剉兒扳過那頸項的圈子三五
剉剉做兩段扳開剉口脫將出來拔了一根毫毛叫變做
一個假身拴在那里真身却幌一幌變做個小妖立在傍
邊八戒又在梁上喊道不好了不好了拴的是假貨吊的
是正身老魔停盃便問那猪八戒吆喝的是甚麼行者已
變做小妖上前道猪八戒攛道孫行者教變化走了罷他
不肯走在那里吆喝哩二魔道還說猪八戒老實原來這

等不老實該打二十多嘴棍這行者就去拿條棍來打八戒道你打輕些兒若重了些兒我又喊起我認得你行者道老孫變化也只爲你們你怎麼倒走了風息這一洞裡妖精都認不得怎的偏你認得八戒道你雖變了頭臉還不曾變得屁股那屁股上兩塊紅不是我因此認得是你行者隨往後面演到廚中鍋底上摸了一把將兩臂擦黑行至前邊八戒看見又笑道那個猴子去那里混了這一會弄做個黑屁股來了行者候站在跟前要偷他寶貝真個甚有見識走上廳對那怪扯個腿子道大王你看那孫行者拴在柱上左右爬蹬磨壞那根金繩得一根粗壯些

的繩子換將下來纔好。老魔道說得是。即將腰間的獅蠻帶解下，遞與行者。行者接了帶，把假粧的行者拴住，換下那條繩子，一窩兒窩兒籠在袖內。又拔一根毫毛，吹口仙氣，變作一根假幌金繩，雙手送與那怪。那怪只因貪酒，那曾細看，就便收下。這個是大聖騰那弄本事，毫毛又換幌金繩。得了這件寶貝，急轉身跳出門外，現了原身，高叫妖怪。那把門的小妖問道：你是甚人，在此呼喝？行者道：你快早進去報與你那潑魔，說者行孫來了。那小妖如言報告。老魔大驚道：拿住孫行者，又怎麼有個者行孫？二魔道：哥哥怕他怎的，寶貝都在我手裏，等我拿那葫蘆出去，把他裝將來。老魔道兄弟仔細。二魔拿了葫蘆。走出山門。忽看見與孫行者模樣一般。只是略矮些兒。問道。你是那里來的。行者道。我是孫行者的兄弟。聞說你拿了我家兄。郤來與你尋事的。二魔道。是我拿了。鎖在洞中。你今旣來。必要索戰。我也不與你交兵。我且叫你一聲。你敢應我麼。行者道。可怕你叫上千聲。我就答應你萬聲。那魔執了寶貝。跳在空中。把底兒朝天。口兒朝地。叫聲者行孫。行者却不敢答應。心中暗想道。若是應了。就裝進去哩。那魔道。你怎麼不應我。行者道。我有些耳閉。不曾聽見。你高叫。那怪物又叫聲者行孫。行者在底下掐著指頭算了一算。道。我眞名字叫做孫行者起的鬼名字叫做者行孫真名字可以裝得鬼名字好道裝不得却就認不住應了他一聲搜的被他吸進葫蘆去貼上帖兒原來那寶貝那管甚麼名字真假但綽個應的氣兒就裝了去也大聖到他葫蘆裡渾然烏黑把頭往上一頂那里頂得動且是塞得甚緊却纔心中焦燥道當時我在山上遇着那兩個小妖他曾告誦我說不拘葫蘆淨瓶把人裝在裡面只消一時三刻就化為膿了敢莫化了我麼一條心又想着道沒事化不得我老孫五百年前大鬧天宮被太上老君放在八卦爐中煉了四十九日煉成個金子心肝銀子肺腑銅頭鉄背火眼金

睛那里一時三刻就化得我且跟他進去看他怎的二魔
拿入裡面道哥哥拿來了老魔道拿了誰二魔道者行孫
是我裝在葫蘆裡也老魔歡喜道賢弟請坐不要動只等
搖得响再揭帖兒行者聽得道我這般一個身子怎麽便
妙妙
搖得响只除化成稀汁纔搖得响是等我撒泡溺罷他若
搖得响時一定揭帖起蓋我乘空走他娘罷又思道不好
不好溺雖可响只是污了這直裰等他搖時我但聚些唾
津漱口稀滴呼喇的哄他揭開老孫再走罷大聖作了准
備那怪貪酒不搖大聖作個法意思只是哄他來搖忽然
叫道天呀孤拐都化了那魔也不搖大聖又叫道娘阿連

腰截骨都化了老魔道化至腰時都化盡矣揭起帖兒看看那大聖聞言就拔了一根毫毛叫變變作個半截的身子在葫蘆底上真身却變做個蟭蟟虫兒叮在那葫蘆口邊只見那二魔揭起帖子看時大聖早已飛出打個滚又變做個倚海龍倚海龍却是原去請老奶奶的那個小妖他變了站在傍邊那老魔扳著葫蘆口張了一張見是個半截身子動耽他也不認真假慌忙叫兄弟蓋上蓋上還不曾化得了哩二魔依舊貼上大聖在傍暗笑道不知老孫已在此矣那老魔拿了壺滿滿的斟了一盃酒近前雙手遞與二魔道賢弟我與你遞個鍾兒二魔道兄長我們

已吃了這半會酒又遞廿鍾老魔道你拿住唐僧八戒沙僧猶可又索了孫行者裝了者行孫如此功勞該與你多遞幾鍾二魔見哥哥恭敬怎敢不接但一隻手托著葫蘆一隻手不敢去接却把葫蘆遞與倚海龍雙手去接盃不知那倚海龍是孫行者變的你看他端葫蘆慇勤奉侍二魔接酒吃了也要回奉一盃老魔道不消回酒我這裡陪你一盃罷兩人只管謙遜行者頂著葫蘆眼不轉睛看他兩個左右傳盃全無計較他就把個葫蘆揌入衣袖拔根毫毛變個假葫蘆一樣無二捧在手中那魔遞了一會酒也不看真假一把接過寶貝各上席安然坐下依然飲酒

孫大聖撤身走過。得了寶貝。心中暗喜道

饒這魔頭有手段。　畢竟葫蘆還姓孫。

畢竟不知向後怎樣施爲。方得救師滅怪。且聽下回分解。

總評

轉轉變化。人以爲奇矣。幻矣。不知人心之變化。實不止此也。人試思之。定當啞然自笑

第三十五回

外道施威欺正性　心猿獲寶伏邪魔

本性圓明道自通、翻身跳出網羅中、修成變化非容易。煉就長生豈俗同。清濁幾番隨運轉。闢開數劫任西東。逍遙萬億年無計、一點神光永注空

此時暗合孫大聖的道妙。他自得了那魔眞寶籠在袖中喜道。潑魔苦苦用心拿我。誠所謂水中撈月。老孫若要擒你。就好似火上弄冰。藏著葫蘆。密密的溜出門外。現了本相厲聲高叫道精怪開門。傍有小妖道。你又是甚人敢來叫喊。行者道。快報與你那老潑魔。吾乃行者孫來也。那小

妖急入裡報道，大王門外有箇甚麼行者孫來了。老魔大驚道，賢弟不好了，惹動他一窩風了。幌金繩現拴著孫行者，葫蘆裡現裝著者行孫，怎麼又有箇甚麼行者孫，想是他幾箇兄弟都來了。二魔道，兄長放心，我這葫蘆裝下一千人哩。我纔裝了者行孫一箇，又怕那甚麼行者孫，等我出去看看，一發裝來。老魔道，兄弟仔細。你看那二魔拿著箇假葫蘆，還想前番雄糾糾氣昂昂，走出門高呼道，你是那里人氏，敢在此間吆喝。行者道，你認不得我。

家居花果山，祖貫水簾洞。只為鬧天宮，多時罷爭競。如今幸脫災，棄道從僧用。秉教上雷音，求經歸覺正。相逢

野潑魔却把神通弄還我大唐僧上西祭佛聖兩家罷
戰爭各守平安逕休惹老孫焦傷殘老性命
那魔道你且過來我不與你相打但我叫你一聲你敢應
麼行者笑道你叫我我就應了我若叫你你可應麼那魔
道我叫你是我有箇寶貝葫蘆可以裝人你叫我却有何
物行者道我也有箇葫蘆兒那魔道既有拿出來我看行
者就于袖中取出葫蘆道潑魔你看幌一幌復藏在袖中
恐他來搶那魔見了大驚道他葫蘆是那里來的怎麼就
與我的一般縱是一根藤上結的也有箇大小不同偏正
不一却怎麼一般無二他便正色叫道行者孫你那葫蘆

是那里來的。行者委實不知來歷接過口來就問他一句道你那葫蘆是那里來的。那魔不知是箇見識。只道是句老實言語。就將根本從頭說出。道我這葫蘆是混沌初分天開地闢有一位太上老祖。解化女媧之名。煉石補天普救閻浮世界。補到乾宮夬地見一座崑崙山腳下。有一縷仙藤上結着這箇紫金紅葫蘆。却便是老君留下到如今者。大聖聞言。就綽了他口氣道我的葫蘆也是那里來的魔頭道怎見得。大聖道自清濁初開天不滿西北地不滿東南太上道祖解化女媧補完天缺行至崑崙山下有根仙籐籐結有兩個葫蘆我得一箇是雄的你那箇却是雌

的那怪道莫說雌雄但只裝得人的就是好寶貝大聖道
你也說得是我就讓你先裝那怪甚喜急縱身跳將起去
○寶○貝○也○怕○
到空中執著葫蘆叫一聲行者孫大聖聽得却就不歇氣
○老○公○怕○老○婆○偏不是寶貝了省話
連應了八九聲只是不能裝去那魔墜將下來跌脚搥胸
道天那只說世情不改變哩這樣箇寶貝也怕老公雌見
了雄就不敢裝了行者笑道你且收起輪到老孫該叫你
哩急縱觔斗跳起去將葫蘆底兒朝天口兒朝地照定妖
魔叫聲銀角大王那怪不敢閉口只得應了一聲倏的裝
在裡面被行者貼上太上老君急急如律令奉勅的帖子
心中暗喜道我的兒你今日也來試試新了他要按落雲

頭拿著葫蘆心心念念只是要救師父又往蓮花洞口而來那山上都是些窪踏不平之人況他又是箇圈盤腿拐呀拐的走著搖的那葫蘆裡漷漷索索响聲不絕你道他怎麽便有响聲原來孫大聖是熬煉過的身體急切化他不得那怪雖也能騰雲駕霧不過是些法術大端是凡胎未脫到于寶貝裡就化了行者還不當他就化了笑道我兒子阿不知是撒尿耶不知是嗽口哩這是老孫幹過的買賣不等到七八日化成稀汁我也不揭蓋來看忙怎的有甚要緊想著我出來的容易就該千年不看纔好他拿著葫蘆說著話不覺的到了洞口把那葫蘆搖搖一發响

了他道這箇像發課的第子晌倒好發課等老孫發一課看師父甚麼時纔得出門你看他手裏不住的搯口裏不住的念道周易文王孔子聖人挑花女先生鬼谷子先生那洞裏小妖看見道大王禍事了行者孫把二大王爺爺裝在葫蘆裏發課哩那老魔聞得此言諕得魂飛魄散骨軟觔麻撲的跌倒在地放聲大哭道賢弟呀我和你私離上界轉托塵凡指望同享榮華永爲山洞之主怎知爲這和尚傷了你的性命斷吾手足之情滿洞羣妖一齊痛哭猪八戒吊在梁上聽得他一家子齊哭忍不住叫道妖精你且莫哭等老猪講與你聽先來的孫行者次來的者行

孫後來的行者孫遂復三字都是我師兄一人他有七十二變化騰那進來盜了寶貝裝了令爺令爺已是死了不必這等扛喪快些兒刷淨鍋竈辦些香蕈蘑菰茶芽竹筍豆腐麪觔木耳蔬菜請我師徒們下來與你令爺念卷受生經那老魔聞言心中大怒道只說猪八戒老實原來甚不老實他倒作笑話兒打覷我呌小妖且休舉哀把猪八戒解下來蒸得稀爛等我吃飽了再去拿孫行者報仇沙僧埋怨八戒道好麼我說教你莫多話多話的要先蒸吃哩那獃子也儘有幾分悚懼傍一小妖道大王猪八戒不好蒸八戒道阿彌陀佛是那位哥哥積陰德的果是不好

蒸又有一箇妖道將他皮剝了就好蒸八戒慌了道好蒸
好蒸皮骨雖然粗糙湯滚就爛欄戶欄戶正嚷處只見前
門外一箇小妖報道行者孫又罵上門來了那老魔又大
驚道這廝輕我無人叫小的們且把猪八戒照舊吊起查
一查還有幾件寶貝管家的小妖道洞中還有三件寶貝
哩老魔問是那三件管家的道還有七星劍芭蕉扇與淨
瓶老魔道那瓶子不終用原是叫人人應了就裝得轉把
箇口訣見教了那孫行者倒把自家兄弟裝去了不用他
放在家裡快將劍與扇子拿來那管家的即將兩件寶貝
獻與老魔老魔將芭蕉扇插在後項衣領把七星劍提在

手中又點起大小羣妖有三百多名都教一箇箇拈鎗弄棒理索輪刀這老魔却頂盔貫甲罩一領赤焰焰的紅袍羣妖擺出陣去要拿孫大聖那孫大聖早已知二魔化在葫蘆裡面却將他緊緊拴扣停當撒在腰間手持著金箍棒准備厮殺只見那老妖紅旗招展跳出門來却怎生打扮

頭上盔纓光焰焰腰間帶束彩霞鮮身穿鎧甲龍鱗砌
上罩紅袍烈火燃圓眼睛開光掣電鋼鬚飄起亂飛煙
七星寶劍輕提手芭蕉扇子半遮肩行似流雲離海嶽
聲如霹靂震山川威風凜凜欺天將怒帥羣妖出洞前

那老魔急令小妖擺開陣勢罵道你這猴子十分無禮害我兄弟傷我手足著實可恨行者罵道你這討死的怪物你一箇妖精的性命捨不得似我師父師弟連馬四箇生靈平白的吊在洞裡我心何忍情理何干快快的送將出來還我多多貼些盤費喜喜歡歡打發老孫起身還饒了你這箇老妖的狗命那怪那容分說舉寶劍劈頭就砍這大聖使鐵棒舉手相迎這一塲在洞門外好殺唦

金箍棒與七星劒對撞霞光如閃電悠悠冷氣逼人寒蕩蕩昏雲遮嶺堰那箇皆因手足情些兒不放善這箇只爲取經僧毫釐不容緩兩家各恨一般仇二處每懷

生怒怨。只殺得天昏地暗鬼神驚。日淡煙濃龍虎戰。這箇咬牙剉玉釘。那箇怒目飛金焰。一來一。往逞英雄。不住翻騰棒與劒

這老魔與大聖戰經二十回合。不分勝負。他把那劒梢一指。叫聲小妖齊來。那三百餘精。一齊擁上。把行者圍在垓心。好大聖。公然無懼。使一條棒。左衝右撞。後抵前遮。那小妖都有手段。越打越上。一似綿絮纏身。摟腰扯腿。莫肯退後。大聖慌了。即使箇身外身法。將左脇下毫毛拔了一把。嚼碎噴去。喝聲叫變。一根根都變做行者。你看他長的使棒。短的輪拳。再小的沒處下手。抱著孤拐啃觔。把那小妖

都打得星落雲散齊聲喊道大王阿事不諧矣難矣乎哉滿地盈山皆是孫行者了被這身外法把羣妖打退止撇得老魔圍困中間赶得東奔西走出路無門那魔慌了將左手擎著寶劍右手伸于項後取出芭蕉扇子望東南丙丁火正對離宮唿喇的一扇子搧將下來只見那就地上火光焰焰原來這般寶貝平白地搧出火來那怪物著實無情一連搧了七八扇子熯天熾地烈火飛騰好火

那火不是天上火不是爐中火也不是山頭火也不是竈底火乃是五行中自然取出的一點靈光火這扇也不是凡間常有之物也不是人工造就之物乃是自開

闢混沌以來，產成的珍寶之物，用此扇搧此火，煌煌燁燁，就如電掣紅綃，灼灼煇煇，却似霞飛絳綺，更無一縷青煙，盡是滿山赤焰，只燒得嶺上松，翻成火樹，崖前栢變作燈籠，那窩中走獸貪性命，西撞東奔，這林內飛禽惜羽毛，高飛遠去，這塲神火飄空燎，只燒得石爛溪乾遍地紅。

大聖見此惡火，却也心驚膽顫，道聲不好了，我身可處，毫毛不濟，一落這火中，豈不真如燎毛之易，將身一抖，遂將毫毛收上身來，只將一根變作假身子，避火逃災，他的真身，捻著避火訣，縱觔斗，跳將起去，脫離了大火之中，徑奔他蓮花洞裏。想著要救師父。急到門前。把雲頭按落。又見那洞門外。有百十箇小妖。都破頭折脚。肉綻皮開。原來都是他分身法打傷了的。都在這里聲聲喚喚。叫疼而立。大聖見了。按不住惡性。兇頑輪起鐵棒。一路打將進去。可憐把那苦煉人身的功果息。依然是塊舊皮毛、那大聖打絕了小妖。撞入洞裡。要解師父。又見那內面有火光焰焰。諕得他手慌脚忙。道。罷了罷了。這火從後門口燒起來。老孫却難救師父也。正悚懼處、仔細看時。呀。原來不是火光。却是一道金光。他正了性。往裡視之。乃羊脂玉淨瓶放光。却自心中歡喜道。好寶貝耶。這瓶子曾是那小妖拿在山上放光老孫得了。不想那怪又復搜去。今日藏在這里。原來也放光。你看他竊了這瓶子。喜喜歡歡、且不救師父。急抽身往洞外而走。纔出門。只見那妖魔提著寶劍。拿著扇子。從南而來。孫大聖迴避不及。被那老魔喝道。那里走。舉劍劈頭就砍。大聖急縱觔斗雲。跳將起去。無影無踪的逃了不題。卻說那怪。到得門口。但見屍橫滿地。就是他手下的羣精。慌得仰天長嘆。止不住放聲大哭道、苦哉痛哉。有詩為証　詩曰

可恨猿乖馬劣頑、靈胎轉托降塵凡。只因錯念離天闕
致使忘形落此山、鴻雁失羣情切切。妖兵絕族淚潺潺、

何時孽滿開愆鎖，返本還原上即關。

那老魔慚惶不已，一步一聲，哭入洞內。只見那什物家火俱在，只落得靜悄悄，沒個人形；悲切切，愈加悽慘。獨自個坐在洞中，蹋伏在那石案之上，將寶劍斜倚案邊，把扇子揷于肩後，昏昏默默睡著了。這正是：人逢喜事精神爽，悶上心來瞌睡多。話說孫大聖撥轉觔斗雲，竚立山前，想著要救師父，把那淨瓶兒牢扣腰間，徑來洞口打探。見那門開兩扇，靜悄悄的不聞消耗，隨即輕輕移步，潛入裡邊。只見那魔斜倚石案，呼呼睡著。芭蕉扇褪出肩衣，半盖著腦後；七星劍還斜倚案邊。却被他輕輕的走上前，拔了扇急回頭呼的一聲跑將出去原來這扇柄兒刮著那怪的頭髮早驚醒他擡頭看時是孫行者偷了急慌忙掣劍來赶那大聖早已跳出門前將扇子撇在腰間雙手輪開鐵棒與那魔抵敵這一塲好殺

惱壞潑妖王怒發沖冠志恨不過撾來囫圇吞難解心頭氣惡口罵猢猻你老大將人戲傷我若干生還來偷寶貝這塲決不容定見存亡計大聖喝妖魔你好不知趣徒弟要與老孫爭疊卵焉能擊石碎寶劍來鐵棒去兩家更不留仁義一翻二復賭輸贏三轉四回施武藝（說出）蓋為取經僧靈山參佛位致令金火不相投五行攙亂

傷和氣揚威耀武顯神通走石飛砂弄本事分輝漸漸
日將晡魔頭力怯先迴避
那老魔與大聖戰經三四十合天將晚矣抵敵不住敗下
陣來徑往西南上投奔壓龍洞去不題這大聖纔按落雲
頭闖入蓮花洞裡解下唐僧與八戒沙和尚來他三人脫
得災危謝了行者却問妖魔那里去了行者道二魔已裝
在葫蘆裡想是這會子已化了大魔纔然一陣戰敗往西
南壓龍山去訖緊洞小妖被老孫分身法打死一半還有
些敗殘回的又被老孫殺絕方纔得入此處解放你們唐
僧謝之不盡道徒弟阿多虧你受了勞苦行者笑道誠然

勞苦你們還只是吊著受疼我老孫再不曾住脚比急遞鋪的鋪兵還甚反復裡外奔波無已因是偷了他的寶貝方能平退妖魔豬八戒道師兄你把那葫蘆兒拿出來與我們看看只怕那二魔已化了也大聖先將淨瓶解下又將金繩與扇子取出然後把葫蘆兒拿在手道莫看莫看他先曾裝了老孫被老孫嗽口哄得他揭開盖子老孫方得走了我等切莫揭盖只怕他也會弄喧走了師徒們喜喜歡歡將他那洞中的米麵菜蔬尋出燒刷了鍋竈安排些素齋吃了飽食一頓安寢洞中一夜無詞早又天曉却説那老魔徑投壓龍山會聚了大小女怪備言打殺母親

裝了兄弟，絕滅妖兵，偷騙寶貝之事。衆女妖一齊大哭，悲痛多時。道你等且休悽慘，我身邊還有這口七星劍，欲會汝等女兵，都去壓龍山後會借外家親戚，斷要拿住那孫行者報仇。說不了，有門外小妖報道：大王山後老舅爺帥領若干兵卒來也。老魔聞言，急換了縞素孝服，躬身迎接。原來那老舅爺是他母親之弟，名喚狐阿七大王。因聞得哨山的妖兵報道，他姐姐被孫行者打死，假變姐形，盜了外甥寶貝，連日在平頂山拒敵。他却帥本洞妖兵二三百餘名，特來助陣，故此先到姐家問信。纔進門，見老魔掛了孝服，二人大哭。哭久，老魔拜下，備言前事。那阿七大怒，即命老魔換了孝服。提了寶劍。盡點女妖。合同一處。縱風雲。徑投東北而來。這大聖。卻教沙僧整頓早齋。吃了走路。忽聽得風聲。走出門看。乃是一夥妖兵。自西南上來。行者大驚急抽身忙呼八戒道兄弟。妖精又請救兵來也、三藏聞言。驚恐失色道徒弟。似此如何。行者笑道放心放心。把他這寶貝都拿來與我。大聖將葫蘆淨瓶繫在腰間金繩籠子袖內。芭蕉扇插在肩後雙手輪著鐵棒教沙僧保守師父、穩坐洞中。著八戒執釘鈀同出洞外迎敵、那怪物排開陣勢。只見當頭的是阿七大王。他生的玉面長鬚鋼眉刀耳。頭戴金煉盔、身穿鎖子甲。手執方天戟。高聲罵道我把你箇大膽的潑猴、怎敢這等欺人、偷了寶貝、傷了眷族[illegible]妖兵、又敢久占洞府、趕早兒一箇箇引頸受死、雪我祖宗之恨。行者罵道、你這膠作死的毛團、不識你孫外公的手段、不要走、領吾一棒、那怪物側身躲過、使方天戟劈面相還。兩箇在山頭一來一往、戰經三四回合、那怪力軟敗陣回走、行者趕來、却被老魔接住、又鬭了三合、只見那狐阿七復轉來攻。這壁廂八戒見了、急掣九齒鈀擋住、一箇抵一箇、戰經多時、不分勝敗、那老魔喝了一聲、衆妖兵一齊圍上。却說那三藏坐在蓮花洞裡、聽得喊聲振地、便叫沙和尚你出去、看你師兄勝負何如。沙僧果舉降妖杖出來、喝一聲擡將出去打退羣妖阿七見事勢不利回頭就走被八戒趕上照背後一鈀就築得九點鮮紅往外冒可憐一靈真性赶前程急拖來剝了衣服看處原來也是箇狐狸精那老魔見傷了他老舅丟了行者提寳劍就劈八戒八戒使鈀架住正賭鬭間沙僧擡近前來舉杖便打那妖抵敵不住縱風雲往南逃走八戒沙僧緊緊赶來大聖見了急縱雲跳在空中解下淨瓶罩定老魔叫聲金角大王那怪只道是自家敗殘的小妖呼叫就回頭應了一聲拽的裝將進去被行者貼上太上老君急急如律令奉勅的帖子只見那七星劍墜落塵埃也歸了行者八戒迎著道

哥哥寶劍你得了精怪何在行者笑道了了已裝在我這瓶兒裡也沙僧聽說與八戒十分歡喜當時通掃淨諸邪回至洞裡與三藏報喜道山已淨妖已無矣請師父上馬走路三藏喜不自勝師徒們吃了早齋收拾了行李馬匹奔西找路正行處猛見路傍閃出一箇瞽者走上前扯住三藏馬道和尚那里去還我寶貝來八戒大驚道罷了這是老妖來討寶貝了行者仔細觀看原來是太上李老君慌得近前施禮道老官兒那里去那老祖急昇玉局寶座九霄空裡竚立叫孫行者還我寶貝大聖起到空中道甚麽寶貝老君道葫蘆是我盛丹的淨瓶是我盛水的寶劍

是我煉魔的扇子是我搧火的繩子是我一根勒袍的帶
那兩箇怪一箇是我看金爐的童子一箇是我看銀爐的
童子只因他偷了我的寶貝走下界來正無覔處却是你
今拿住得了功績大聖道你這老官兒著實無禮縱放家
屬爲邪該問箇鈐屬不嚴的罪名老君道不干我事不可
錯怪了人此乃海上菩薩問我借了三次送他在此托化
妖魔試你師徒可有眞心往西去也大聖聞言心中作念
道這菩薩也老大憊懶當時解脫老孫教保唐僧西去取
經我說路途艱澁難行他曾許我到急難處親來相救如
今反使精邪掯害語言不的該他一世無夫若不是老官

見親來。我決不與他。既是你這等說。你去罷。那老孫收得五件寶貝。揭開葫蘆與淨瓶蓋口。倒出兩股仙氣。用手一指。仍化為金銀二童子。相隨左右。只見那霞光萬道。噫

縹緲同歸兜率院　逍遙直上大羅天。

畢竟不知此後又有甚事。孫大聖怎生保護唐僧。幾時得到西天。且聽下回分解。

總評

行者孫。孫行者。者行孫。名色雖多。真體則一。不要吃他名色混了。看不清潔。意今之為名色混者。豈止一人而已哉。○没後李老君來取寶貝。亦有微旨。蓋空

第三十六回

心猿正處諸緣伏　劈破傍門見月明

却說孫行者、按落雲頭、對師父備言菩薩借童子、老君收去寶貝之事。三藏稱謝不已、死心塌地、辦虔誠、捨命投西、攀鞍上馬。猪八戒挑著行李、沙和尚攏著馬頭、孫行者執了鐵棒、剖開路徑、下高山前進。說不盡那水宿風飡、披霜冒露。師徒們行罷多時、前又一山阻路。三藏在那馬上高叫、徒弟呵、你看那里山勢崔巍、須是要仔細隄防、恐又有魔障侵身也。行者道、師父休得胡思亂想、只要定性存神、自然無事。三藏道、徒弟呀、西天怎麼這等難行、我記得離

著眼

了長安城在路上春盡夏來秋殘冬至有四五箇年頭怎麼還不能彀到行者聞言呵呵笑道早哩早哩還不曾出大門哩八戒道哥哥不要扯謊人間就有這般大門行者道兄弟我們還在堂屋裡轉哩沙僧笑道師兄少說大話嚇我那里就有這般大堂屋却也沒處買這般大過梁呵行者道兄弟若依老孫看時把這青天爲屋瓦日月作牕櫺四山五嶽爲梁柱天地猶如一敞廳八戒聽說道罷了罷了我們只當轉些時回去罷行者道不必亂談只管跟著老孫走路好大聖橫擔了鐵棒領定了唐僧剖開山路一直前進那師父在馬上遙觀好一座山景眞箇是

山頂嵯峨摩斗柄，樹稍彷彿接雲霄。青煙堆裏，時聞得谷口猿啼；亂翠陰中，每聽得松間鶴唳。嘯風山魅立溪間，戲弄樵夫；成器狐狸坐崖畔，驚張獵戶。好山！看那八面崔巍，四圍嶮峻。古怪喬松盤翠蓋，枯摧老樹掛藤蘿。泉水飛流，寒氣透人毛髮冷；巔峰屹嶝，清風射眼夢魂驚。時聽大虫哮吼，每聞山鳥時鳴。麂鹿成羣穿荊棘，往來跳躍；獐𤝞結黨尋野食，前後奔跑。佇立草坡，一望並無客旅；行來深凹，四邊俱有豺狼。應非佛祖修行處，盡是飛禽走獸場。

那師父戰戰兢兢，進此深山，心中悽慘，兜住馬，叫聲悟空

呵我

自從盖智登山盟、王不留行送出城、路上相逢三棱子、途中催趲馬兜鈴、尋坡轉澗求荆芥、邁嶺登山拜茯苓、防已一身如竹瀝、茴香何日拜朝廷、孫大聖聞言哂呵冷笑道、師父不必罣念、少要心焦、且自放心前進、還你個功到自然成也、師徒們玩着山景信步行時、早不覺紅輪西墜、正是

（數月可厭）

十里長亭無客走、九重天上現星辰、八河船隻皆收港、七千州縣盡關門、六宮五府回官宰、四海三江罷釣綸、兩座樓頭鍾鼓响、一輪明月滿乾坤、

那長老在馬上遥觀只見那山凹裡有樓臺疊疊殿閣重重三藏道徒弟此時天色已晚幸得那壁廂有樓閣不遠想必是庵觀寺院我們都到那裡借宿一宵明日再行罷行者道師父說得是不要忙等我且看好歹如何那大聖跳在空中仔細觀看果然是座山門但見

八字磚牆泥紅粉兩邊門上釘金釘疊疊樓臺藏嶺畔層層宮闕隱山中萬佛閣對如來殿朝陽樓應大雄門七層塔屯雲宿霧三尊佛神現光榮文殊臺對伽藍舍彌勒殿靠大慈廳看山樓外青光舞步虛閣上紫雲生松關竹院依依綠方丈禪堂處處清雅雅幽幽供樂事

川川道道喜廻迷參禪處有禪僧講演樂房多樂器鳴妙高臺上曇花墜說法壇前貝葉生正是那林遮三寶地山擁梵王宮半壁燈煙光燦灼一行香靄霧朦朧孫大聖按下雲頭報與三藏道師父果然是一座寺院却好借宿我們去來這長老放開馬一直前來徑到了山門之外行者道師父這一座是甚麼寺三藏道我的馬蹄纔然停住脚尖還未出鐙就問我是甚麼寺好沒分曉行者道你老人家自幼爲僧須曾講過儒書方纔去演經法文理皆通然後受唐王的恩宥門上有那般大字如何不認得長老罵道潑猢猻說話無知我纔面西催馬被那太陽

影射奈何門雖有字又被塵垢朦朧所以未曾看見行者
問言把腰伸一躬長了二丈餘高用手展去灰塵道師
父請看上有五個大字乃是勅賜寶林寺行者收了法身
道師父這寺裡誰進去借宿三藏道我進去你們的嘴臉
醜露言語粗疎性剛氣傲倘或衝撞了本處僧人不容借
宿反為不美行者道既如此請師父進去不必多言那長
老却丟了錫杖解下斗蓬整衣合掌徑入山門只見兩邊
紅漆欄杆裡面高坐著一對金剛粧塑的威儀惡醜
一個鐵面鋼鬚似活容一個燥眉圓眼若玲瓏左邊
拳頭骨突如生鐵右邊的手掌崚嶒賽赤銅金甲連環

光燦爛明　帶映飄風西方真個多供佛石鼎中間
香火紅
三藏見了點頭長歎道我那東土若有人也將泥胎塑造
等大菩薩燒香供養呵我弟子也不往西天去矣正歎息
處又到了二層山門之內見有四大天王之相乃是持國
多聞增長廣目按東北西南風調雨順之意進了二層門
裡又見有喬松四樹一樹樹翠蓋蓬蓬却如傘狀忽擡頭
乃是大雄寶殿那長老合掌皈依舒身下拜拜罷起來轉
過佛臺到于後門之下又見有倒座觀音普度南海之相
那壁上都是良工巧匠裝塑的那魚鰕魚蟹鱉出頭露尾

跳海水波潮耍子長老又點頭三五度感嘆萬千聲道可憐可憐鱗甲衆生都拜佛爲人何不肯修行正讚嘆間又見三門裡走出一箇道人那道人忽見三藏象貌稀奇丰姿不俗急趍步上前施禮道師父那里來的三藏道弟子是東土大唐駕下差來上西天拜佛求經的今到寶方天色將晚告借一宿那道人道師父莫怪我做不得主我是這里掃地撞鐘打勤勞的道人裡面還有箇管家的老師父哩待我進去禀他一聲他若留你我就出來奉請若不留你我却不敢羈遲三藏道累給你了那道人急到方丈報道老爺外面有箇人來了那僧官即起身換了衣服按一

接毘盧帽、披上袈裟、急開門迎接、問道人、那里人來。道人
用手指定道、那正殿後邊不是一箇人、那三藏光著一箇
頭、穿一領二十五條達摩衣、足下登一雙拖泥帶水的達
公鞋、斜倚在那後門首。僧官見了大怒道、道人少打。你豈
不知我是僧官、但只有城上來的士夫降香、我方出來迎
接。這等箇和尚、你怎麼多虛少實、報我接他。看他那嘴臉、
不是箇誠實的、多是雲遊方上僧、今日天晚、想是要來借
宿。我們方丈中、豈容他打攪、教他往前廊下蹲罷了、報我
怎麼。抽身轉去、長老聞言、滿眼垂淚道、可憐可憐、這纔是
人離鄉賤。我弟子從小兒出家、做了和尚、又不曾、

拜識乞僧生歹意看經懷怒壞禪心又不曾去尨拋磚
傷佛殿阿陀臉上剝真金
噫可憐阿不知是那世裡觸傷天地教我今生常遇不良著眼
人和尚你不留我們宿便罷了怎麼又說這等憊懶話教
我們在前廊下去蹲此話不與行者說還好若說了那猴
子進來一頓鐵棒把孤拐都打斷你的長老道也罷也罷
常言道人將禮樂爲先我且進去問他一聲看意下如何
那師父躡腳蹤跟他進方丈門裡只見那僧官脫了衣服
氣呼呼的坐在那里不知是念經又不知是與人家寫法
事見那桌案上有些紙劄堆積唐僧不敢深入就立于天

井裡躬（形容）身高叫道老院主弟子問訊了那和尚就有些不
奈煩他進裡邊來的意思半答不答的還了箇禮道你是
那里來的三藏道弟子乃東土大唐駕下差來上西天拜
活佛求經的經過寶方天晚求借一宿明日不犯天光就
行了萬望老院主方便方便那僧官纔欠起身來道你是
那唐三藏麽三藏道不敢弟子便是僧官道你既往西天
取經怎麽路也不會走三藏道弟子更不曾走貴處的路
他道正西去只有四五里遠近有一座三十里店店上有
賣飯人家方便好宿我這里不便不好留你們遠來的僧
三藏合掌道院主古人有云庵觀寺院都是我方上人的

館驛見山門、就有三升米分、你怎麼不留我、却是你請僧官怒聲叫道、你這遊方的和尚便是有些油嘴油舌的說話、三藏道、何為油嘴油舌、僧官道、古人云、老虎進了城、家家都閉門、雖然不咬人、日前壞了名、三藏道、怎麼日前壞了名、他道、向年有幾衆行脚僧來、于山門口坐下、是我見他寒薄、一箇箇衣破鞋無、光頭赤脚、我嘆他那般襤褸、即忙請入方丈、延之上坐、欵待了齋飯、又將故衣各借一件與他、就留他住了幾日、怎知他貪圖自在衣食、更不思量起身、就住了七八箇年頭、住便也罷、又幹出許多不公的事來、三藏道、有甚麼不公的事、僧官道、你聽說

閒時沿墻拋瓦悶來壁上扳釘冷天向火折窗櫺夏月拖門攔徑旛布扯為腳帶牙香偷換蔓菁常將琉璃把油傾奪碗奪鍋

三藏聽言心中暗道可憐阿我弟子可是那等樣沒脊骨的和尚欲待要哭又恐那寺裡的老和尚笑他但暗暗扯衣揩淚忍氣吞聲急走出去見了三箇徒弟那行者見師父面上含怒向前問師父寺裡和尚打你來唐僧道不曾打八戒說一定打來不是怎麼還有些哭包聲那行者道罵你來唐僧道也不曾罵行者道既不曾打又不曾罵你這般苦惱怎麼好道是思鄉哩唐僧道徒弟他這里不方

便行者笑道這裡想是道士唐僧怒道觀裡纔有道士寺
裡只是和尚行者道你不濟事但是和尚即與我們一般
常言道既在佛會下都是有緣人你且坐等我進去看看
好行者按一按頂上金箍束一束腰間裙子執著鐵棒徑
到大雄寶殿上指著那三尊佛相道你本是泥塑金粧假
像內裡豈無感應我老孫保領大唐聖僧往西天拜佛求
取真經今晚特來此處投宿趂早與我報名假若不留我
等就一頓棍打碎金身教你還現本相泥土這大聖正在
前邊發狠搗叉子亂說只見一箇燒晚香的道人點了幾
枝香來佛前爐裡插被行者咄的一聲諕了一跌爬起來

看見臉又是一跌唬得滚滚蹡蹡跑入方丈又報道老爺外面有箇和尚來了那僧官道你這夥道人都少打一行說教他往前廊下去蹲又報甚麼再說打二十道人說老爺這箇和尚比那箇和尚不同生得惡躁沒脊骨僧官道怎的模樣道人道是箇圓眼睛查耳躲滿面毛雷公嘴手執一根棍子咬牙恨恨的要尋人打哩僧官道等我出去看他即開門只見行者撞進來了真箇生得醜陋七高八低孤拐臉兩隻黄眼睛一箇磕額頭潦牙往外生就像屬螃蟹的肉在裡面骨在外面那老和尚慌得把方丈門關了行者趕上撲的打破門扇道趕早將乾淨房子打掃一

千間老孫垂覺僧官躲在房裡對道人說怪他生得醜麼
原來是說大話折作的這般嘴臉我這裡連方丈佛殿鐘
鼓樓兩廊共總也不尚三百間他卻要一千間睡覺卻打
那裡來道人說師父我也是唬破膽的人了憑你怎麼答
應他罷那僧官戰索索的高叫道那借窩的長老我這小
荒山不方便不敢奉留往別處去宿罷行者將棍子變得
盆來粗細直壁壁的豎在天井裡道和尚不方便你就搬
出去僧官道我們從小兒住的寺師公傳與師父師父傳
與我我輩要遠繼兒孫他不知是那里勾當冒冒實實
的教我們搬哩道人說老爺十分不尷尬搬出去也罷扛

子打進門來了僧官道你莫胡說我們老少衆大四五百名和尚往那里搬搬出去却也沒處住行者聽見道和尚沒處搬便著一箇出來打樣棍老和尚叫道人你出去與我打箇樣棍來那道人慌了道爺爺呀那等箇大扛子教我去打樣棍老和尚道養軍千日用軍一朝你怎麼不出去道人說那扛子莫說打來若倒下來壓也壓箇肉泥老和尚道也莫要說壓只道豎在天井裡夜晚間走路不記得呵一頭也撞箇大窟窿道人說師父你曉得這般重却教我出去打甚麼樣棍他自家裡面轉鬧起來行者聽見道是也禁不得假若就一棍打殺一箇我師父又怪我行

完了。且等我另尋一箇甚麼打與你看看。忽擡頭只見方丈門外。有一箇石獅子。却就舉起棍來。乒乓一下。打得粉亂麻碎。那和尚在牕眼兒裡看見就嚇得骨軟觔麻。慌忙往牀下拱。道人就往鍋門裡鑽。心中不住叫爺爺。棍重棍重禁不得。方便方便。行者道和尚我不打你我問你這寺裡有多少和尚。僧官戰索索的道前後是二百八十五房頭。共有五百箇有度牒的和尚。行者道你快去把那五百箇和尚。都點得齊齊整整穿了長衣服出去。把我那唐朝的師父接進來。就不打你了。僧官道爺爺若是不打。便擡也擡進來。行者道趁早去。僧官叫道人。你莫說嚇破了膽。

就是嚇破了心便也去與我叫這些人來接唐僧老爺爺來那道人沒奈何捨了性命不敢撞門從後邊徇洞裡鑽將出去徑到正殿上東邊打鼓西邊撞鐘鐘鼓一齊響處驚動了兩廊大小僧眾上殿問道這早還不晚哩撞鐘打鼓做甚道人說快換衣服隨老師父排班出山門外迎接唐朝來的老爺那眾和尚真箇齊齊整整擺排出門迎接有的披了袈裟有的著了偏衫有的穿著箇一口鐘直裰十分窮的沒有長衣服就把腰裙接起兩條披在身上行者看見道和尚你穿的是甚麼衣服和尚見他惡醜道爺爺不要打等我說這是我們城中化的布此間沒有裁縫

是自家做的箇一裝窮，行者聞言暗笑，押著衆僧出山門下跪下。那僧官磕頭高叫道唐老爺請方丈裡坐，八戒看見道，師父老爺不濟事，你進去時淚汪汪嘴上掛得油瓶，師兄怎麼就有此獐智，教他們磕頭來接，三藏道你這箇獃子好不曉禮，常言道鬼也怕惡人，唐僧見他們磕頭禮拜，甚是不過意，上前叫列位請起，衆僧叩頭道老爺若和你徒弟說聲方便，不動扛子就跪一箇月也罷，唐僧叫悟空莫要打他，行者道不曾打，若打這會已打斷了根矣，那些和尚却纔起身，牽馬的牽馬，挑担的挑担，擡著唐僧獃著八戒，挽著沙僧，一齊都進山門裡去，却到後面方丈中依敘坐下眾僧却又禮拜三藏道院主請起再不必行禮作踐貧僧我和你都是佛門弟子僧官道老爺是上國欽差小和尚有失迎接今到荒山奈何俗眼不識尊儀與老爺邂逅之相逢動問老爺一路上是吃素是吃葷我們好去辦齋三藏道吃素僧官道徒弟這箇爺爺好的吃葷行者道我們也吃素都是胎裡素那和尚道爺爺呀這等兇漢也吃素有一箇胆量大的和尚近前又問老爺既然吃素煑多少米的飯方勾吃八戒道小家子和尚問甚麼一家煑上一石米那和尚都慌了便去刷洗鍋灶各房中安排茶飯高掌明燈調開桌椅管待唐僧師徒們都吃罷了

晚齋眾僧收拾了家火三藏稱謝道老院主打攪寶山了衆官道不敢不敢怠慢怠慢三藏道我師徒却在那里安歇衆官道老爺不要忙小和尚自有區處叫道人那壁廂有幾個人聽使令的道人說師父有甚分付道你們著兩個去安排草料與唐老爺餵馬著幾個去前面把那三間禪堂打掃乾淨鋪設床帳快請老爺安歇那些道人聽命各各整頓齊備都來請唐老爺安寢他師徒們牽馬挑擔出方丈徑至禪堂門裡看處只見那裡面燈火光明兩梢間鋪著四張藤替牀行者見了即喚辦草料的道人將草料擡來放在禪堂裡面拴下白馬教道人都出去三藏

坐在中間燈下兩班兒立五百箇和尚都伺候著不敢側離三藏欠身道列位請回貧僧好自在安寢也衆僧決不敢退僧官上前分付大衆伏侍老爺安置了再回三藏道即此就是安置了都就請回衆人却纔敢散去訖唐僧舉步出門小解只見明月當天叫徒弟行者八戒沙僧都出來侍立因感這月清光皎潔玉宇深沉真是一輪高照大地分對月懷歸口占一首古風長篇詩云

皓魄當空寶鏡懸山河搖影十分全瓊樓玉宇清光滿冰鑑銀盤爽氣旋萬里此時同皎潔一年今夜最明鮮渾如霜餅離滄海却似冰輪掛碧天別舘寒牕孤客悶

山村野店老翁眠，乍臨漢苑驚秋鬢，纔到秦樓倦晚筵，庾亭，小詩傳晉史，袁宏不寐泛江船，光浮盃面寒無力，清映庭中健在仙，處處總軒吟白雪，家家院宇弄冰絃，今霄靜說來山寺，何日相同返故園。

行者聞言，近前荅曰：師父呵，你只知月色光華，心懷故里，更不知月中之意，乃先天法象之規繩也。月至三十日，陽魂

說　留

之金散盡，陰魄之水盈輪，故純黑而無光，乃曰晦。此時與日相交，在晦朔兩日之間，感陽光而有孕，至初三日一陽現，初八日二陽生，魄中魂半，其平如繩，故曰上絃。至今十五日，三陽備足，是以團圓，故曰望。至十六日一陰生，二十

二十二陰生此時魂中魄半其平如繩故曰下弦至三十日三陰備足亦當晦此乃先天採煉之意我等若能溫養二八九成功那時節見佛容易返故田亦易也

前弦之後後弦前藥味平平氣象全採得歸來爐中煉志心功果即西天

那長老聽說一時解悟明徹真言滿心歡喜稱謝了悟空沙僧在傍笑道師兄此言雖當只說的是弦前屬陽弦後屬陰陰中陽半得水之金更不道

木火相攙各有緣全憑土母配如然三家同會無爭競水在長江月在天

那長老聞得亦開茅塞正是理明一竅通千竅說破無生
即是仙八戒上前扯住長老道師父莫聽亂講誤了睡覺
這月呵
缺之不久又團圓似我生來不十全吃飯嫌我肚子大
拿碗又說有黏涎他都伶俐修來福我自痴愚積下緣
我說你取經還滿三途業擺尾搖頭直上天
三藏道也罷徒弟們走路辛苦先去睡下等我把這卷經
來念一念行者道師父差了你自幼出家做了和尚小時
的經文那本不熟卻又領了唐王旨意上西天見佛求取
大乘真典如今功未完成佛未得見經未曾取你念的是

那卷經兒三藏道我自出長安朝朝跋踄日日奔波小時的經文恐怕生了幸今夜得閑等我溫習溫習行者道既這等說我們先去睡也他三人各往一張縢牀上睡下長老掩上禪堂門高剔銀釭鋪開經本默默看念正是那

樓頭初鼓人煙靜　野浦漁舟火滅時

畢竟不知那長老怎模樣離寺且聽下回分解

說月處大須著眼○行者沙僧之語人易知道最妙是八戒二語人容易忽略特拈出之八戒之語曰他都伶俐修來福我自愚痴積下緣直說因果乃大乘之言非玄門小小修[illegible][illegible]已也著眼著眼

第三十七回

鬼王夜謁唐三藏　悟空神化引嬰兒

却說三藏坐于寶林寺禪堂中燈下念一會梁皇水讖看一會孔雀眞經直坐到三更時候却纔把經本包在囊裡正欲起身去睡只聽得門外撲剌剌一聲响亮淅零零刮陣怪風那長老恐吹滅了燈慌忙將褊衫袖子遮住又見那燈或明或暗便覺有些心驚胆戰此時又困倦上來伏在經案上盹睡雖是合眼朦朧却還心中明白耳內嚶嚶聽著那牕外陰風颯颯好風

眞箇那淅淅瀟瀟飄飄蕩蕩淅淅瀟瀟飛落葉飄飄蕩蕩

蕩捲浮雲。滿天星斗皆昏昧。遍地塵沙盡洒紛。一陣家猛。一陣家純。純時松竹敲清韻。猛處江湖波浪渾。刮得那山鳥難棲聲哽哽。海魚不定跳噴噴。東西館閣門牕脫。前後房廊神鬼瞋。佛殿花瓶吹墮地。琉璃搖落慧燈昏。香爐欹倒香灰迸。燭架歪斜燭焰橫。幢幡寶蓋都搖折。鐘鼓樓臺撼動根。

那長老昏夢中。聽著風聲一時過處。又聞得禪堂外。隱隱的叫一聲師父。忽擡頭夢中觀看。門外站著一條漢子。渾身上下水淋淋的。眼中垂淚。口裡不住叫師父師父。三藏欠身道。你莫是魍魎妖魅神怪邪魔。至夜深時來此戲我我却不是那貪慾貪嗔之類我本是箇光明正大之僧奉東土大唐旨意上西天拜佛求經者我手下有三箇徒弟都是降龍伏虎之英豪掃怪除魔之壯士他若見了你碎屍粉骨化作微塵此是我大慈悲之意方便之心你趂早兒潜身遠遁莫上我的禪門來那人倚定禪堂道師父我不是妖魔鬼怪亦不是魍魎邪神三藏道你既不是此類却深夜來此何為那人道師父你慧眼看我一看長老果仔細定睛看處呀只見他

頭戴一頂沖天冠腰束一條碧玉帶身穿一領飛龍舞鳳赭黃袍足踏一雙雲頭繡口無憂履手執一柄列斗

羅星白玉圭面如東嶽長生帝形似文昌開化君
三藏見了大驚失色急躬身厲聲高叫道是那一朝陛下
請坐用手忙攙撲了箇空虛回身坐定再看處還是那箇
人長老便問陛下你是那里皇帝何邦帝王想必是國王
不寧讒臣欺虐半夜逃生至此有何話說說與我聽這人
纔淚滴腮邊談舊事愁攢眉上訴前因道師父阿我家住
在正西道上只有四十里遠近那廂有座城池便是興基
之處三藏道叫做甚麼地名那人道不瞞師父說便是朕
當時創立家邦改號烏鷄國三藏道陛下這等驚慌却因
甚事至此那人道師父呵我這里五年前天年乾旱草子

不生民皆饑死甚是傷情三藏聞言點頭笑道陛下呵古
人云國正天心順想必是你不慈恤萬民既遭荒歉怎麼
就躲離城廓且去開了倉庫賑濟黎民悔過前非重興今
善放赦了那枉法寃人自然天心和合雨順風調那人道
我國中倉廩空虛錢糧盡絕文武兩班停俸祿寡人膳食
亦無葷做效禹王治水與萬民同受甘苦沐浴齋戒晝夜
焚香祈禱如此三年只乾得河枯井涸正都在危急之處
忽然鍾南山來了一箇全真能呼風喚雨點石成金先見
我文武多官後來見朕當即請他登壇祈雨果然有應只
見令牌響處頃刻間大雨滂沱寡人只望三尺雨足矣他

說久旱不能潤澤又多下了二寸朕見他如此尚義就與他八拜爲交以兄弟稱之三藏道此陛下萬千之喜也那人道喜自何來三藏道那全眞既有這等本事若要雨時就教他下雨若要金時就教他點金還有那些不足郤離了城闕來此那人道朕與他同寢食者只得二年又遇著陽春天氣紅杏夭桃開花綻蘂家家仕女處處王孫俱去遊春賞翫那時節文武歸衙嬪妃轉院朕與那全眞攜手緩步至御花園裡忽行到八角琉璃井邊不知他拋下些甚麼物件井中有萬道金光哄朕到井邊看甚麼寶貝他陡起兇心撲通的把寡人推下井內將石板蓋住井口擁

上泥土。移一株芭蕉。栽在上面。可憐我呵。已死去三年。是一箇落井傷生的冤屈之鬼也。唐僧見說是鬼。諕得觔力酥軟。毛骨聳然。沒奈何。只得將言又問他道。陛下。你說的這話。全不在理。既死三年。那文武多官。三宮皇后。遇三朝見駕殿上。怎麼就不尋你。那人道。師父呵。說起他的本事。果然世間罕有。自從害了朕。他當時在花園內。搖身一變就變做朕的模樣。更無差別。現今占了我的江山。暗侵了我的國土。他把我兩班文武。四百朝官。三宮皇后。六院嬪妃。盡屬了他矣。三藏道。陛下。你忒也懦。那人道。何懦。三藏道。陛下。那怪到有些神通。變作你的模樣。侵占你的乾坤。

文武不能識，后妃不能曉，只有你死的明白，你何不在陰
却原來陰司也是一等人情世界
司閻王處具告，把你的屈情伸訴伸訴，那人道，他的神通廣大，官吏情熟，都城隍常與他會酒，海龍王盡與他有親，東嶽齊天是他的好朋友，十代閻羅是他的異兄弟，因此這般，我也無門投告。三藏道，陛下，你陰司裡既沒本事告他，却來我陽世間作甚，那人道，師父呵，我這一點冤魂，怎敢上你的門來，山門前有那護法諸天，六丁六甲，五方揭諦，四值功曹，一十八位護教伽藍，緊隨鞍馬，却纔被夜游神，一陣神風，把我送將進來，他說我三年水災該滿，著我來拜謁師父，他說你手下有兩箇大徒弟，是齊天大聖極

能斬怪降魔。今來志心拜懇。千乞到我國中。拿住妖魔辨明邪正。朕當結草啣環。報酬師父恩也。三藏道。陛下你到來是請我徒弟去除卻那妖怪麼。那人道。正是正是。三藏道。我徒弟幹別的事不濟。但說降妖捉怪。正合他宜。陛下呵。雖是著他拿怪。但恐理上難行。那人道。怎麼難行。三藏道。那怪既神通廣大。變得與你相同。滿朝文武。一箇箇言和心順。三宮妃嬪。一箇箇意合情投。我徒弟縱有手段。決不敢輕動干戈。倘被多官拿住。說我們欺邦滅國。問一款大逆之罪。困隔城中。卻不是畫虎刻鵠也。那人道。我朝中還有人哩。三藏道。卻好卻好。想必是一代親王侍長。發付何處鎮守去了。那人道。不是我本宮有箇太子。是我親生的儲君。三藏道。那太子。想必被妖魔貶了。那人道。不曾。他只在金鑾殿上。五鳳樓中。或與學士講書。或共全真登位。自此三年。禁太子不入皇宮。不能勾與娘娘相見。三藏道。此是何故。那人道。此是妖怪使下的計策。只恐他母子相見閑中論出長短。怕走了消息。故此兩不會面。他得永住常存也。三藏道。你的災迍想應天付。却與我相類。當時我父曾被水賊傷生。我母被水賊欺占。經三箇月分娩了我。我在水中逃了性命。幸金山寺恩師救養成人。記得我幼年無父母。此間那太子失雙親。眞箇可憐。又問道。你縱有太子在朝，我怎的與他相見？那人道：如何不得見？三藏道：他被妖魔拘轄，連一箇生身之母尚不得見，我一箇和尚欲見何由？那人道：他明早出朝來也。三藏問：出朝作甚？那人道：明日早朝，領三千人馬，架鷹犬出城採獵，師父斷得與他相見。見時肯將我的言語說與他，他便信了。三藏道：他本是肉眼凡胎，被妖魔哄在殿上，那一日不叫他幾聲父王，他怎肯信我的言語？那人道：既恐他不信，我留下一件表記與你罷。三藏問：是何物件？那人把手中執的金廂白玉圭放下道：此物可以為記。三藏道：此物何如？那人道：全真自從變作我的模樣，只是少變了這件寶貝，他到宮中說那求雨的全真拐了此圭去了自此三年還沒此物我太子若看見他覩物思人此仇必報三藏道也罷等我留下著徒弟與你處置却在那里等麼那人道我也不敢等我這去還央求夜遊神再使一陣神風把我送進皇宮內院托一夢與我那正宮皇后教他母子們合意你師徒們同心三藏點頭應承道你去罷那冤魂叩頭拜別舉步相送不知怎麼蹋了脚跌了一箇筋斗把三藏驚醒却原來是南柯一夢慌得對著那盞昏燈連忙叫徒弟徒弟八戒醒來道甚麼土地土地當時我做好漢專一吃人度日受用腥羶其實快活偏你出家教我們保護你跑路原說

只做和尚、如今拏做奴才、日間挑包袱牽馬、夜間提尿瓶務腳、這早晚不睡、又叫徒弟作甚、三藏道徒弟、我剛纔伏在案上打盹做了一箇怪夢、行者跳將起來道、師父、夢從想中來、你未曾上山、先怕怪物、又愁雷音路遠、不能得到思念長安、不知何日回程、所以心多夢多、似老孫一點真心、專要西方見佛、更無一箇夢兒到我、三藏道徒弟、我這一夢、不是思鄉之夢、纔然合眼見一陣狂風過處、禪房門外有一朝皇帝、自言是烏雞國王、渾身水濕滿眼垂淚、這等這等、如此如此、將那夢中話、一一的說與行者、行者笑道、不消說了、他來托夢與你、分明是照顧老孫一塲生意必然是箇妖怪在那里篡位謀國等我與他辨箇真假想那妖魔棍到處立業成功三藏道徒弟他說那怪神通廣大哩行者道怕他甚麼廣大早知老孫到教他即走無方三藏道我又記得留下一件寶貝做表記八戒答道師父莫要胡纏做箇夢便罷了怎麼只管駒話沙僧道不信直中直須防仁不仁我們打起火開了門看看如何便是行者果然開門一齊看處只見星月光中階簷上只見真箇放着一柄金廂白玉珪八戒近前拏起道哥哥這是甚麼東西行者道這是國王手中執的寶貝名喚玉圭師父呵既有此物想此事是真明日拿妖全都在老孫身上只是

要你三件兒造化底哩八戒道好好好做箇夢罷了又告誦他他那些兒不會作弄人哩就教你三樁兒造化低三藏回入裡面道是那三樁行者道明日要你頂缸受氣遭瘟八戒笑道一樁兒也是難的三樁兒却怎麼躲得唐僧是箇聰明的長老便問徒弟呵此三事如何講行者道也不消講等我先與你二件物好大聖拔了一根毫毛吹口仙氣叫聲變變做一箇紅金漆匣兒把白玉珪放在內盛着道師父你將此物捧在手中到天曉時穿上錦襴袈裟去那正殿坐著念經等我去看看他那城池端的是箇妖怪就打殺他也在此間立箇功績假若不是且休撞禍三

藏道正是正是行者道那太子不出城便罷若真箇應夢出城來我定引他來見你三藏道見了我如何迎答行者道來到時我先報知你把那匣蓋兒扯開些等我變作二寸長的一箇小和尚鑽在匣兒裡你連我捧在手中那太子進了寺來必然拜佛你儘他怎的下拜只是不採他他見你不動身一定教拿你你憑他拿下去打也由他綁也由他殺也由他三藏道呀他的軍令大真箇殺了我怎麼好行者道沒事有我哩若到那緊關處我自然護你他若問時你說是東土欽差上西天拜佛取經進寶的和尚他道有甚寶貝你却把錦襴袈裟對他說一遍說道此是三

等寶貝還有頭一等第二等的好物哩但問處就說這匣
內有一件寶貝上知五百年下知五百年中知五百年共
一千五百年過去未來之事俱盡曉得却把老孫放出來
我將你夢中話告誦那太子他若是肯信去拿了那妖魔
一則與他父王報仇二來我們立箇名節他若不信再將
白玉珪拿與他看只恐他年幼還不認得哩三藏聞言大
喜道徒弟呵此計絕妙但說這寶貝一箇叫做錦襴袈裟
一箇叫做白玉珪你變的寶貝却叫做甚名行者道就叫
做立帝貨罷三藏依言記在心上師徒們一夜那曾得睡
盼到天明恨不得點頭喚出扶桑日噴氣吹散滿天星不

多時、東方發白、行者又分付了八戒沙僧、教他兩箇、不可攪擾僧人、出來亂走、待我成功之後、共汝等同行、纔別了、吻哨一觔斗、跳在空中、睜火眼平西看處、果見有一座城池、你道怎麼就看見了、當時說那城池離寺只有四十里、故此憑高就望見了、行者近前、仔細看處、又見那怪霧愁雲漠漠、妖風怨氣紛紛、行者在空中讚嘆道、

若是真王登寶座、自有祥光五色雲、只因妖怪侵龍位、
騰騰黑氣鎖金門、

行者正然感嘆、忽聽得礮聲響亮、又只見東門開處、閃出一路人馬、真箇是採獵之軍、果然勢勇、但見

曉出禁城東，分圍淺草中，彩旗開映日，白馬驟迎風，鼉鼓鼕鼕擂，標鎗對對衝，架鷹軍猛烈，牽犬將驍雄，火砲連天振，粘竿映日紅，人人支弩箭，箇箇跨雕弓，張網山坡下，鋪繩小徑中，一聲驚霹靂，千騎擁貔熊，狡兎身難保，乖獐智亦窮，狐狸該命盡，麋鹿喪當中，山雉難飛脫，野雞怎避兇，他都要撿占山場擒猛獸，敗殘林木射飛蟲。

那些人出得城來，散步東郊，不多時，有二十里向高田地，又只見中軍營裡有小小的一箇將軍，頂著盔，貫著甲，果肚花，十八札，手執青鋒寶劍，坐下黃驃馬，腰帶滿絃弓，真

箇是
輩隱隱君王像昂昂帝主容規模非小輩行動顯眞龍
行者在空暗喜道不須說那箇就是皇帝的太子了等我
戲他一戲好大聖按落雲頭撞入軍中太子馬前搖身一
變變作一箇白兔兒只在太子馬前亂跑太子看見正合
歡心拈起箭扯滿弓一箭正中了那兔兒原來是那大聖
故意教他中了却眼乖手疾一把接住那箭頭把箭翎花
落在前邊丟開腳步跑了那太子見箭中了玉兎兒兜開馬
獨自爭先來赶不知馬行的快行者如風馬行的遲行者
慢走只在他面前不遠看他一程一程將太子哄到寶林

寺山門之下行者現了本身不見兎兒只見一枝箭插在
門檻上徑撞進去見唐僧道師父來了來了卻又一變變
做二寸長的小和尚兒鑽在紅匣之內卻說那太子趕到
山門前不見了白兎只見門檻上插在一枝鵰翎箭太子
大驚失色道怪哉怪哉分明我箭中了玉兎玉兎怎麼不
見只見箭在此間想是年多日久成了精魅也拔了箭擡
頭看處山門上有五箇大字寫着敕建寶林寺太子道我
知之矣向年間曾記得我父王在金鑾殿上差官齎此金
帛與這和尚修理佛殿佛像不期今日到此正是因過道
院逢僧話又得浮生半日閑我且進去走走那太子跳下

馬來正要進去只見那保駕的官將與三千人馬趕上簇簇擁擁都入山門裡面慌得那本寺衆僧都來叩頭拜接接入正殿中間參拜佛像卻纔舉目觀瞻又欲遊廊玩景忽見正當中坐著一箇和尚太子大怒道這箇和尚無禮我今半朝鑾駕進山雖無旨意知會不當遠接此時軍馬臨門也該起身怎麼還坐著不動教拿下來說聲拿字兩邊校尉一齊下手把唐僧抓將下來急理繩索便捆行者在匣裡默默的念咒教道護法諸天六丁六甲我今設法降妖這太子不能知識將繩要捆我師父汝等即早護持若真捆了汝等都該有罪那大聖暗中分付誰敢不遵卻

將三藏護持定了有些人摸也摸不着他光頭好似一堵墻擋住難攏其身那太子道你是那方來的使這般隱身法欺我三藏上前施禮道貧僧無隱身法乃是東土唐僧上雷音寺拜佛求經進寶的和尚太子道你那東土雖是中原其窮無比有甚寶貝你說來我聽三藏道我身上穿的這袈裟是第三樣寶貝還有第一等第二等更好的物哩太子道你那衣服半邊蔽身半邊露臂能值多少物敢稱寶貝三藏道這袈裟雖不全體有詩幾句

詩曰

佛衣偏袒不須論內隱真如脫世塵萬線千針成正果

着眼

九珠八寶合元神，仙娥聖女恭修製，遺賜禪僧靜垢身。
　見駕不遜由自可，你的父冤未報枉爲人。

太子聞言，心中大怒道：這潑和尚胡說，你那半片衣憑著你尸能舌便，誇好誇强，我的父冤從何未報？你說來我聽。三藏進前一步，合掌問道：殿下，爲人生在天地之間，能有幾恩？太子道：有四恩。三藏道：那四恩？太子道：感天地蓋載之恩，日月照臨之恩，國王水土之恩，父母養育之恩。三藏笑曰：殿下言之有失。人只有天地蓋載，日月照臨，國王水土，那得箇父母養育來？太子怒道：和尚是那遊手遊食，削髮遊君之徒。人不得父母養育，身從何來？三藏道：殿下貧

僧不知但只這紅匣內有一件寶貝叫做立帝貨他上知
五百年中知五百年下知五百年共知一千五百年過去
未來之事便知無父母養育之恩令貧僧在此久等多時
矣太子聞說教拿來我看三藏扯開匣蓋兒那行者跳將
出來矮呀矮的兩邊亂走太子道這星星小人兒能知甚
事行者聞言嫌小却就使個神通把腰伸一伸就長了有
三尺四五寸衆軍士吃驚道若是這般快長不消幾日就
撑破天也行者長到原身就不長了太子纔問道立帝貨
這老和尚說你能知未來過去吉凶你却有龜作卜有蓍
作筮憑書句斷人禍福行者道我一毫不用只是全憑三

寸舌，萬事盡皆知，太子道，這厮又是胡說，自古以來，周易之書，極其玄妙，斷盡天下吉凶，使人知所趨避，故龜所以卜，蓍所以筮，聽汝之言，憑據何理，妄言禍福，扇惑人心，行者道，殿下且莫忙，等我說與你聽，你本是烏雞國王的太子，你那里五年前，年程荒旱，萬民遭苦，你家皇帝共臣子秉心祈禱，正無點雨之時，鍾南山來了一箇道士，他善呼風喚雨，點石為金，君王忒也愛小，就與他拜為兄弟，這椿事有麽，太子道，有有有，你再說說，行者道，後三年不見全真，稱孤的却是誰，太子道，果是有箇全真，父王與他拜為兄弟，食則同食，寢則同寢，三年前在御花園裡翫景，被他一陣神風把父王手中金廂白玉珪攝回鍾南山去了至今父王還思慕他因不見他遂無心賞翫把花園緊閉了已三年矣做皇帝的非我父王而何行者聞言哂笑不絕太子再問不答只是哂笑太子怒道這廝當言不言如何這等哂笑行者又道還有許多話哩奈何左右人衆不是說處太子見他言語有因將袍袖一展教軍士且退那駕上官將急傳令將三千人馬都出門外住札此時殿上無人太子坐在上面長老立在前邊左手傍立著行者本寺諸僧皆退行者纔正色上前道殿下化風去的是你生身之父母見坐位的是那祈雨之全真太子道胡說胡說我

父自全真去後，風調雨順，國泰民安，照依你說，就不是我父王了，還是我年孺容得你，若我父王聽見你這反話，拿了去，碎屍萬段，把行者唧的喝下來，行者對唐僧道，何如我說他不信，果然果然，如今卻拿那寶貝進與他，倒換關文往西天去罷，三藏即將紅匣子，遞與行者，行者接過來，將身一抖，那匣兒卒不見了，原是他毫毛變的，被他收上身去，卻將白玉珪，雙手捧上，獻與太子，太子見了道，好和尚好和尚，你五年前，本是箇全真，來騙了我家的寶貝，如今又妝做和尚來進獻，叫拿了，一聲傳令，把長老諕得慌忙指著行者道，你這弼馬溫，專撞空頭禍，帶累我哩，行者近前一齊攔住道休嚷莫走了風我不教做立帝貨還有眞名哩太子怒道你上來我問你箇眞名字好送法司定罪行者道我是那長老大徒弟名喚悟空孫行者因與我師父上西天取經昨宵到此覓宿我師父夜讀經卷至三更時分得一夢夢見你父王道他被那全眞欺害推在御花園八角琉璃井內全眞變作他的模樣滿朝官不能知你年幼亦無分曉禁你入宮關了花園止恐怕漏了消息你父王今夜特來請我降魔我恐不是妖邪自空中看了果然是箇妖精正要動手拿他不期你出城打獵你箭中的玉兎就是老孫老孫把你引到寺裡見師父訴此衷膓

可可是實你既然認得白玉珪怎麽不念鞠養恩情替親報仇那太子聞言心中慘慽暗自傷愁道若不信此言語他却有三分兒真實若信了怎奈殿上見是我父王這纔是進退兩難心問口三思忍耐口問心行者見他疑惑不定又上前道殿下不必心疑請殿下駕回本國問你國母娘娘一聲看他夫妻恩愛之情比三年前如何只此一問便知真假矣那太子回心道正是且待我問我母親去來他跳起身籠了玉珪就走行者扯住道你這些人馬都回却不走漏消息我難成功但要你單人獨馬進城不可揚名賣弄莫入正陽門須從後宰門進去到宮中見你母親

第三十八回

嬰兒問母知邪正　金木參玄見假真

逢君只說受生因。便作如來正果人。一念靜觀塵世佛。十方同看降威神。欲知今日生身主。須嬰當年嫡母身。別有世間曾未見。一行一步一花新。

却說那烏雞國王太子。自別大聖。不多時。回至城中。果然不奔朝門。不敢報傳宣詔。徑至後宰門首。見幾箇太監在那里把守。見太子來。不敢阻滯。讓他進去了。好太子。夾一夾馬。撞入裡面。忽至錦香亭下。只見那正宮娘娘。坐在錦香亭上。兩邊有數十箇嬪妃掌扇。那娘娘倚雕欄兒流淚哩你道他流淚怎的，原來他四更時，也做了一夢，記得一半含糊了一半，沉沉思想這太子下馬，跪于亭下，叫母親，那娘娘強整歡容，叫聲孩兒喜呀喜呀，這二三年在前殿與你父王開講，不得相見，我甚思量，今日如何得暇來看我一面，誠萬千之喜，誠萬千之喜，孩兒你怎麼聲音悲慘，你父王年紀高邁，有一日龍歸碧海，鳳返丹霄，你就傳了帝位，還有甚麼不悅，太子叩頭道，母親我問你，即位登龍是那箇，稱孤道寡，果何人，娘娘聞言道，這孩兒發風了，做皇帝的是你父王，你問怎的，太子叩頭道，萬望母親赦子無罪，敢問，不赦不敢問，娘娘道，子母間有何罪，赦你赦你，快快說來。太子道。母親我問你三年前夫妻宮裡之事。與后三年恩愛同否。如何娘娘見說魂飛魄散。急下亭抱起緊摟在懷。眼中滴淚道。孩兒。我與你久不相見。怎麼今日來宮問此。太子發怒道。母親有話早說。不說時且悞了大事。娘娘纔喝退左右。淚眼低聲道。這樁事。孩兒不問。我到九泉之下。也不得明白。既問時。聽我說

三載之前溫又煖。三年之後冷如冰。枕邊切切將言問

他說老邁身衰事不與。

太子聞言。撒手脫身。攀鞍上馬。那娘娘一把扯住道。孩兒你有甚事。話不終就走。太子跪在前面道。母親不敢說。今

日早朝蒙欽差架鷹逐犬出城打獵。偶遇東土駕下來的箇取經聖僧。有大徒弟。乃孫行者。極善降妖。原來我父王死在御花園八角琉璃井內。這全眞假變父王。侵了龍位。今夜三更。父王托夢。請他到城捉怪。孩兒不敢盡信。特來問母。母親纔說出這等言語。必然是箇妖精。那娘娘道。兒阿。外人之言。你怎麼就信爲實。太子道。兒還不敢認實。父王遺下表記與他了。娘娘問是何物。太子袖中取出那金箱白玉珪。遞與娘娘。那娘娘認得是當時國王之寶。止不住淚如泉湧。叫聲主公。你怎麼死去三年。不來見我。却先見聖僧。後來見我。太子道。母親。這話是怎的說。娘娘道。兒呵我四更時分也做了一夢夢見你父王水淋淋的站在我跟前親說他死了鬼魂見拜請了唐僧降假皇帝救他前身記便記得是這等言語只是一半兒不得分明正在這里狐疑怎知今日你又來說這話又將寶貝拿出我且收下你且去請那聖僧急急爲之果然掃蕩妖氣辨明那正應報你父王養育之恩也太子急忙上馬出後宰門躲離城池真箇是噙淚叩頭辭國母含悲頓首復唐僧不多時出了城門徑至寶林寺山門前下馬衆軍士接著太子又見紅輪將墜太子傳令不許軍士亂動他又獨自箇入了山門整束衣冠拜請行者只見那猴王從正殿搖搖擺

擺走[illegible]來那太子雙膝跪下道師父我來了行者上前攙住
道請[illegible]你到城中可曾問誰麼太子道問母親來將前言
盡說[illegible]一遍行者微微笑道若是那般冷呵想是箇甚麼
冰丝[illegible]的東西變的不打緊不打緊等我老孫與你掃蕩却
[illegible]日晚了不好行事你先回去待明早我來太子跪
地[illegible]道師父我只在此伺候到明日同師父一路去罷
行[illegible]不好不好若是與你一同入城那怪物生疑不說
是[illegible]着你却說是你請老孫却不惹他返怪你也太子
道我[illegible]今進城他也怪我行者道怪你怎麼太子道我自
朝[illegible]差帶領若干人馬鷹犬出城今一日更無一件野

物怎麼見駕若問我箇不才之罪監陷囹圄你明日進城却將何倚況那班部中更沒箇相知人也行者道這甚打緊你肯早說時却不尋下些等你好大聖你看他就在太子面前顯箇手段將身一縱跳在雲端裡捻著訣念一聲奄藍淨法界的真言拘得那山神土地在半空中施禮道大聖呼喚小神有何使令行者道老孫保護唐僧至此欲拿邪魔奈何那太子打獵無物不敢回朝問汝等討箇人情快將獐豝鹿兔走獸飛禽各尋些來打發他回去山神土地聞言敢不承命又問各要幾何大聖道不拘多少取些來便罷那各神即著本處陰兵刮一陣聚獸陰風捉了

些野雞山雉，角鹿肥獐，狐貛狢兔，虎豹狼虫，共有百千餘隻，獻與行者。行者道：老孫不要，你可把他都捻就了觔，單擺在那四十里路上兩傍，教那些人不縱鷹犬，拿回城去，算了汝等之功。衆神依言，散了陰風，擺在左右。行者纔按雲頭，對太子道：殿下，請回路上，已有物了，你自收去。太子見他在半空中弄此神通，如何不信？只得叩頭拜別，出山門，傳了令，教軍士們回城。只見那路傍果有無限的野物，軍士們不放鷹犬，一箇箇俱著手擒捉，齊唱采道是千歲殿下的洪福，怎知是老孫的神功。你聽凱歌聲唱，一擁回城。這行者保護了三藏，那本寺中的和尚，見他們與太子這樣綢繆。怎不恭敬。却又安排齋供。管待了唐僧。依然還歇在禪堂裡。將近有一更時分。行者心中有事。急睡不著。他一轂轆爬起來。到唐僧牀前叫師父。此時長老還未睡哩。他曉得行者會失驚打怪的。推睡不應。行者摸著他的光頭。亂搖道。師父怎睡著了。唐僧怒道。這箇頑皮。這早晚還不睡。吆喝甚麼。行者道。師父。有一樁事兒。和你計較計較。長老道。甚麼事。行者道。我日間與那太子誇口說。我的手段比山還高。比海還深。拿那妖精。如探囊取物一般。伸了手去。就拿將轉來。却也睡不著。想起來。有些難哩。唐僧道。你說難。便就不拿了罷。行者道。拿是還要拿。只是理上不順。唐僧道。這猴頭亂說妖精奪了人君位怎麼叫做理上不順。行者道。你老人家只知念經拜佛。打坐參禪。那曾見那蕭何的律法。常言道拿賊拿贓。那怪物做了三年皇帝。又不曾走了馬腳。漏了風聲。他與三宮妃后同眠。又和兩班文武共樂。我老孫就有本事拿住他。也不好定箇罪名。唐僧道。怎麼不好定罪。行者道。他就是箇沒嘴的葫蘆也。與你滚上幾滚。他敢道我是烏雞國王。有甚逆天之事你來拿我。將甚執照與他折辯。唐僧道。憑你怎生裁處。行者笑道。老孫的計已成了。只是干礙着你老人家有些兒護短。唐僧道。我怎麼護短。行者道。八戒生得夯。你有些兒偏向他唐僧道我怎麽向他行者道你若不向他呵且知今把膽放大些與沙僧只在這裡待老孫與八戒趁此時先入那烏雞國城中尋著御花園打開瑠璃井把那皇帝屍首撈將上來包在我們包袱裡明日進城且不管甚麽倒換文牒見了那怪掣棍子就打他但有言語就將骨櫬與他看說你殺的是這箇人却教太子上來哭父皇后出來認夫文武多官見主我老孫與兄弟們動手這纔是有對頭的官事好打唐僧聞言暗喜道只怕八戒不肯去行者笑道如何我說你護短你怎麽就知他不肯去你只相我叫他你不答應半箇時辰便了我這去但憑三寸不爛

之吞莫説是猪八戒就是猪九戒也有本事教他跟著我走唐僧道也罷隨你去叫他行者離了師父徑到八戒牀邊叫八戒八戒那獃子是走路辛苦的人丢倒頭只情打鼾那里叫得醒行者揪著耳朶抓著鬃把他一拉拉起來叫聲八戒那獃子還打掕掙行者又叫一聲獃子道睡了罷莫頑明日要走路哩行者道不是頑有一椿買賣我和你做去八戒道甚麼買賣行者道你可會聽得那太子説麼八戒道我不曾見面不曾聽見説甚麼行者道那太子告訴我説那妖精有件寶貝萬夫不當之勇我們明日進朝不免與他爭敵倘那怪執了寶貝降倒我們却不反成

不美我想著打人不過不如先下手我和你去偷他的來却不是好。八戒道哥哥你哄我去做賊哩這箇買賣我也去得果是曉得實實的幫襯我也與你講箇明白偷了寶貝降了妖精我却不奈煩甚麼小家子氣的分寶貝我就要了行者道你要作甚八戒道我不如你們乖巧能言人面前化得中齋來老猪身子又夯言語又粗不能念經若到那無濟無生處可好換齋吃麼行者道老孫只要圖名那裡圖甚寶貝就與你罷便了那獃子聽見說都與他他就滿心歡喜一轂轆爬將起來套上衣服就和行者走路

著眼

這正是青酒紅人面黃金動道心兩箇竊竊的開了門躲

離三藏。縱祥光徑奔那城。不多時到了。按落雲頭。只聽得樓頭方二鼓矣。行者道。兄弟。二更時分了。八戒道。正好。正好。人都在頭覺裡。正濃睡也。二人不奔正陽門。徑到後宰門首。只聽得梆鈴聲响。行者道。兄弟。前後門皆緊急。如何得入。八戒道。那見做賊的從門裡走麽。隔墻跳過便罷。行者依言。將身一縱。跳上裡羅城墻。八戒也跳上去。二人潛入裡面。找著門路。徑尋那御花園。正行時。只見有一座三簷白簇的門樓。上有三箇亮灼灼的大字。映著那星月光輝。乃是御花園。行者近前看了。有幾重封皮。公然將鎖門夸住了。即命八戒動手。那獃子掣鐵鈀盡力一築。把門築得我碎行者先舉步踏入恐不住跳將起來大呼小叫請得八戒上前扯住袂道哥呀害殺我也那見做賊的亂嚷似這般吆喝驚醒了人把我們拿住發到官司就不該死罪也要解回原籍充軍行者道兄弟呵你却不知我發急爲何你看這

綵畫雕欄狼狽寶粧亭閣欹歪莎汀蓼岸盡塵埋芍藥荼蘼俱敗茉莉玫瑰香暗牡丹百合空開芙蓉木槿草垓垓異卉奇葩壅壞巧石山峰俱到池塘水涸魚衰青松紫竹似乾柴滿路茸茸蒿艾丹桂碧桃枝損海榴棠棣根歪橋頭曲徑有蒼苔冷落花園境界

八戒道且歎他做甚快斡我們的買賣去來行者雖然感慨却留心想起唐僧的夢來說芭蕉樹下方是井正行處果見一株芭蕉生得茂盛比衆花木不同真是

一種靈苗秀天生體性空枝枝抽片紙葉葉捲芳叢翠縷千條細丹心一點紅凄凉愁夜雨憔悴怯秋風長養元丁力栽培造化工緘書成妙用揮酒有奇功鳳翎寧得似鸞尾迥相同薄露瀼瀼滴輕煙淡淡籠青陰遮戶牖碧影上簾櫳不許棲鴻鴈何堪繫玉驄霜天形槁悴月夜色朦朧僅可消炎暑猶宜避日烘愧無桃李色冷落粉墻東

行者道八戒動手麽寶貝在芭蕉樹下埋著哩那獃子雙手舉鈀築倒了芭蕉然後用嘴一拱拱了有三四尺深見一塊石板蓋住獃子歡喜道哥呀造化了果有寶貝是一片石板蓋著哩不知是罈兒盛著是櫃兒裝著哩行者道你掀起來看看那獃子果又一嘴拱開看處又見有霞光灼灼白氣明明八戒笑道造化造化寶貝放光哩又近前細看時呀原來是星月之光原是那井中水亮八戒道哥呀你但幹事便要留根行者道我怎留根八戒道這是一眼井你在寺裡早說是井中有寶貝我卻帶將兩條綑包袱的繩來怎麼作箇法兒把老猪放下去如今空手這裡

面東西。怎麼得下去上來耶。行者道。你下去麼。八戒道。正是要下去。只是沒繩索。行者笑道。你脫了衣服。我與你箇手段。八戒道。有甚麼好衣服。解了這直裰子就是了。好大聖把金箍棒拿出來。兩頭一扯。叫長。足有七八丈長。教八戒你抱著一頭。把你放下井去。八戒道。哥呵放便放下去。若到水邊就住了罷。行者道。我曉得。那獃子抱著鐵棒。被行者輕輕提將起來。將他放下去。不多時。放至水邊。八戒道。到水了。行者聽見他說。卻將棒往下一按。那獃子撲通的一箇沒頭蹲。丟了鐵棒。便就負水。口裡哺哺的嚷道。這天殺的。我說到水莫放。他卻就把我一按。行者掣上棒來笑道兄弟可有寶貝麼八戒道沒甚麼寶貝只是一井水行者道寶貝沉在水底下哩你下去摸一摸來獃子真個潑知水性却就打箇猛子淬將下去呀那井底深得緊他却著實又一淬忽睜眼見有一座牌樓上有水晶宮三個字八戒大驚道罷了罷了錯走了路了蹡下海來也海内有個水晶宮井裡知何有之原來八戒不知此是井龍王的水晶宮八戒正敘話處早有一個巡水的夜叉開了門看見他的模樣急抽身進去報道大王禍事了井上落一個長嘴大耳的和尚來了赤淋淋的衣服全無還不死逼法說話哩那井龍王忽聞此言心中大驚道這是天蓬

元帥來也、昨夜〻遊神奉上勅旨、來取烏雞國王魂靈去
拜見唐僧、請齊天大聖降妖、這怕是齊天大聖、天蓬元帥
來了、却不可怠慢他、快接他去也、那龍王整衣冠、領衆水
族出門來、厲聲高叫道、天蓬元帥請裏面坐、八戒却纔歡
喜道、原來是個故知、那獃子不管好歹、徑入水晶宮裡、其
實不知上下、赤淋〻的就坐在上面、龍王道、元帥近聞你
得了性命、皈依釋教、保唐僧西天取經、如何得到此處、八
戒道、正為此、說我師兄孫悟空、多多拜上、著我來問你取
甚麼寶貝哩、龍王道、可憐我這裡怎麼得個寶貝、比不得
那江河淮濟的龍王、飛騰變化、便有寶貝、我久困于此、日

月且不能長見寶貝果何出而來也八戒道不要推辭有便拿出來罷龍王道有便有一件寶貝只是拿不出來就元帥親自來看看何如八戒道妙妙妙須是看看來也那龍王前走這獃子隨後轉過了水晶宮殿只見廊廡下横軃著一箇六尺長軀龍王用手指定道元帥那廂就是寶貝了八戒上前看了呀原來是箇死皇帝戴著冲天冠穿著赭黃袍踏著無憂履繫著藍田帶直挺挺睡在那廂八戒笑道難難難筭不得寶貝想老猪在山為怪時時常將此物當飯且莫說見的多少吃也吃了無數那里叫做甚麼寶貝龍王道元帥原來不知他本是烏雞國王的屍首

自到井中我與他定顏珠定住不曾得壞你若肯馱他出
去見了齊天大聖假有起死回生之意呵、莫說寶貝。憑你
要甚麼東西都有八戒道既這等說我與你馱出去只說
把多少燒埋錢與我龍王道其實無錢八戒道你好白使
人果然沒錢不馱龍王道不馱請行、八戒就走龍王差兩
箇有力量的夜叉把屍擡將出去送到水晶宮門外丟在
那廂摘了避水珠就有水响八戒急回頭看不見水晶宮
門一把摸著那皇帝的屍首慌得他脚軟觔麻攛出水面
扳著井墻叫道師兄伸下棒來救我一救行者道可有寶
貝麼八戒道那里有只是水底下有一箇井龍王教我馱

死人我不曾馱他就把我送出門來就不見那水晶宮了只摸著那箇屍首諕得我手軟脚麻掙扎不動了哥呀好歹救我救兒行者道那箇就是寶貝如何不馱上來八戒道知他死了多少時了我馱他怎的行者道你不馱我回去耶八戒道你回那里去行者道我回寺中同師父睡覺去八戒道我就不去了行者道你爬得上來便帶你去爬不上來便罷八戒慌了怎生爬得動你想城墻也難上這井肚子大口兒小璧陡的圈墻又是幾年不曾打水的井團團都長的是苔痕好不滑也教我怎爬哥哥不要失了兄弟們和氣等我馱上來罷行者道正是快快馱上來我

同你回去睡覺、那獃子又一箇猛子、淬將下去、摸著屍首、拽過來背在身上、攛出水面、扶井牆道、哥哥、馱上來了、那行者睜睛看處、真箇的背在身上、却纔把金箍棒、伸下井底、那獃子著了惱的人、張開口咬著鐵棒、被行者輕輕的提將起來、八戒將屍放下、撈過衣服穿了、行者看時、那皇帝容顏依舊、似生時未改分毫、行者道、兄弟阿、這人死了三年、怎麽還容顏不壞、八戒道、你不知道、這井龍王對我說、他使了定顏珠、定住了、屍首未曾壞得、行者道、造化造化、一則是他的寃仇未報、二來該我們成功、兄弟快把他馱了去、八戒道、馱往那里去、行者道、馱了去見師父、八戒口中作念道怎的起怎的起好好睡覺的人被這猢猻花言巧語哄我教做甚麼買賣如今卻幹這等事教我駝死人駝著他腌臢臭水淋將下來污了衣服沒人與我漿洗上面有幾箇補丁天陰發潮如何穿麼行者道你只管駝了去到寺裡我與你換衣服八戒道不羞連你穿的也沒有又替我換行者道這般弄嘴便不駝罷八戒道不駝行者道便伸過孤拐來打二十棒八戒慌了道哥哥那棒子重若是打上二十我與這皇帝一般了行者道怕打時趁早兒駝著走路八戒果然怕打沒好氣把屍首摜將過來背在身上摸步出園就走好大聖捻著訣念聲咒語往巽

地上吸一口氣吹將去就是一陣狂風把八戒撮出皇宮內院躲離了城池息了風頭二人落地徐徐却走將來那獃子心中暗惱算計要報恨八戒道這猴子捉弄我我到寺裡也捉弄他捉弄攛唆師父只說他醫得活醫不活教師父念緊箍兒呪把這猴子的腦漿勒出來方趁我心走著路再三尋思道不好不好若教他醫人却是容易他去閻王家討將魂靈兒來就醫活了只說不許赴陰司陽世間就能醫活這法兒纔好說不了却到了山門前徑直進去將屍首丟在那禪堂門前道師父起來看耶那唐僧睡不著正與沙僧講行者哄了八戒去久不回之事忽聽得

他來斗了一聲唐僧連忙起身道徒弟看甚麼八戒道行者的外公教老猪馱將來了行者道你這饟糟的獃子我那里有甚麼外公八戒道哥不是你外公却教老猪馱他來怎麼也不知費多少力了那唐僧與沙僧開門看處那皇帝容顔未改似活的一般長老忽然慘悽道陛下你不知那世裡寃家今生遇著他暗喪其身抛妻別子致令文武不知多官不曉可憐你妻子昏蒙誰曾見焚香獻茶忽失聲淚如雨下八戒笑道師父他死了可干你事又不是你家父祖哭他怎的三藏道徒弟呵出家人慈悲爲本方便爲門你怎的這等心硬八戒道不是心硬師兄和我說

來，他能醫得活，若是醫不活，我也不馱他來了。那長老原來是一頭水的，被那獃子攛動了，也便就叫悟空若果有手段醫活這箇皇帝，正是救人一命，勝造七級浮圖，我等也强以靈山拜佛。行者道：師父，你怎麼信這獃子亂談，人若死了，或三七五七，盡七七日，受滿了陽間罪過，就轉生去了，如今已此三年，如何救得。三藏聞其言，道：也罷了。八戒苦恨不息道：師父，你莫被他瞞了，他有些夾腦風，你只念念那話兒，管他還你一箇活人。真箇唐僧就念緊箍兒咒，勒得那猴子眼脹頭疼，要見怎生醫救，且聽下回分解。

總評　描畫行者耍處，八戒苦處，咄咄欲真，傳神手也。

第三十九回

一粒金丹天上得　三年故主世間生

話說那孫大聖頭痛難禁哀告道師父莫念莫念等我醫罷長老問怎麼醫行者道只除過陰司查勘那個閻王家有他魂靈請將來救他八戒道師父莫信他他原說不用過陰司陽世間就能醫活方見手段哩那長老信邪風又念緊箍兒呪慌得行者滿口招承道陽世間醫罷陽世間醫罷八戒道莫要住只管念只管念行者罵道你這獃孽畜攛道師父呪我哩八戒笑得打跌道哥耶哥耶你只曉得捉弄我不曉得我也捉弄你捉弄行者道師父莫念莫

念。待老孫陽世間醫罷。三藏道。陽世間怎麽醫。行者道。我如今一觔斗雲。撞入南天門裡。不進斗牛宮。不入靈霄殿徑到那三十三天之上。離恨天宮兜率院內。見太上老君把他九轉還魂丹。求得一粒來。管取救活他也。三藏聞言大喜道。就去快來。行者道。如今有三更時候罷了。投到回來。好天明了。只是這個人睡在這里。冷淡冷淡不相個模樣。須得舉哀人看着他哭。便纔好哩。八戒道。不消講。這猴子一定是要我哭了。行者道。怕你不哭。你若不哭。我也醫不成。八戒道。哥哥你自去。我自哭罷了。行者道。哭有幾樣若乾着口喊。謂之嚎。扭搜出些眼淚兒來。謂之啕。又要哭得有眼淚又要哭得有心腸纔算著嚎咷痛哭哩八戒道我且哭個樣子你看看他不知那里扯個紙條撚作一個紙撚兒往鼻孔裡通了兩通打了幾個涕噴你看他眼淚汪汪黏涎答答的哭將起來口裏不住的絮絮叨叨數黃道黑真個像死了人的一般哭到那傷情之處唐長老也淚滴心酸行者笑道正是那樣哀痛再不許住聲你這獃子哄得我去了你就不哭我還聽哩若是這等哭便罷若畧住住聲兒定打二十個孤拐八戒笑道你去你去我這一哭動頭有兩日哭哩沙僧見他數落便去尋幾枝香來燒獻行者笑道好好好一家兒都有些敬意老孫纔好用

功好大聖此時有半夜時分別了他師徒三衆縱觔斗雲只入南天門裏果然也不謁靈霄寶殿不上那斗牛天宮一路雲光徑來到三十三天離恨天兜率宮中纔入門只見那太上老君正坐在那丹房中與衆仙童執芭蕉扇搧火煉丹哩他見行者來時即分付看丹的童兒各要仔細偷丹的賊又來也行者作禮笑道老官兒這等沒搭撒防備我怎的我如今不幹那樣事了老君道你那猴子五百年前大鬧天宮把我靈丹偷吃無數著小聖二郎把拿上界送在我丹爐煉了四十九日炭也不知費了多少你如今幸得脫身皈依佛果保唐僧往西天取經前着在平頂

山上降魔弄刀難不與我寶貝今日又來做甚行者道前
日事老孫更没稽遲將你那五件寶貝當時交還你反疑
心恠我老君道你不走路淸入吾宮怎的行者道自别後
西過一方名烏鷄國那國王被一妖精假粧道士呼風喚
雨陰害了國王那妖假變國王相貌現坐金鑾殿上是我
師父夜坐寶林寺看經那國王鬼魂参拜我師敦請我孫
與他降妖辯明邪正正是老孫思無指實與弟八戒夜入
園中打破花園尋著埋藏之所乃是一眼八角琉璃井內
撈上他的屍首容顏不改到寺中見了我師也發慈悲著
老孫醫救不許去赴陰司裏求索靈魂只教在陽世間救

潑我想著無處回生特來參謁萬望道祖垂憐把九轉還魂丹借得一千丸兒與我老孫答救他也老君道這猴子胡說甚麼一千丸二千丸當飯吃哩是那里土塊挼的這等容易咄快去沒有行者笑道百十丸兒也罷老君道也沒有行者道十來丸也罷老君怒道這潑猴却也纏帳沒有沒有出去出去行者笑道真個沒有我問別處去救罷老君喝道去去去這大聖拽轉步往前就走老君忽的尋思道這猴子憊懶哩說去就去只怕溜進來就偷即命仙童叫回來道你這猴子手腳不穩我把這還魂丹送你一丸罷行者道老官兒既然曉得老孫的手段快把金丹拏

出來與我四六分分還是你的造化哩不然就送你個皮笊籬一撈個罄盡那老祖取過葫蘆來倒吊過底子傾出一粒金丹遞與行者道止有此了拿去拿去送你這一粒醫活那皇帝只算你的功果罷行者接了道且休忙等我嘗嘗看只怕是假的莫被他哄了撲的往口裏一丟慌得那老祖上前扯住一把揪著頂瓜皮揝著拳頭罵道這潑猴若要嚥下去就直打殺了行者笑道嘴臉小家子樣那個吃你的哩能值幾個錢虛多實少的在這里不是原來那猴子頦下有嗉袋兒他把那金丹噙在嗉袋裏被老祖捻著道去罷去罷再休來此纏繞這大聖纔謝了老祖出

離了兠率天宮你看他千條瑞靄離瑤闕萬道祥雲降世塵須臾間下了南天門回到東觀早見那太陽星上按雲頭徑至寶林寺山門外只聽得八戒還哭哩忽近前叫聲師父三藏喜道悟空來了可有丹藥行者道有八戒道怎麼得沒有他偷也去偷人家些來行者笑道兄弟你過去罷用不著你了你揩揩眼淚別處哭去教沙和尚取些水來我用沙僧急忙往後面井上有個方便吊桶卽將半鉢盂水遞與行者行者接了水口中吐出丹來安在那皇帝唇裏兩手扳開牙齒用一口清水把金丹沖灌下肚有一個時辰只聽他肚裏呼呼的亂响只是身體不能轉移行

者道師父弄我金丹也不能救活可是措殺老孫麼三藏
道豈有不活之理似這般久死之屍如何石得水下此乃
金丹之仙力也自金丹入腹却就腸鳴了腸鳴乃血脉和
動但氣絕不能迴伸莫說人在井裏浸了三年就是生鐵
也上秀了只是元氣盡絕得個人度他一口氣便好那八
戒上前就要度氣三藏一把扯住道使不得還教悟空來
那師父甚有主意原來猪八戒自幼兒傷生作孽吃人是
一口濁氣惟行者從小修持咬松嚼栢吃桃果爲生是一
口清氣這大聖上前把個雷公嘴噙着那皇帝口唇呼的
一口氣吹入咽喉度下重樓轉明堂徑至丹田從湧泉倒

返泥垣宮呼的一聲响亮那君王氣聚神歸便翻身踚拳曲足叫了一聲師父雙膝跪在塵埃道記得昨夜鬼魂拜謁怎知道今朝天曉返陽神三藏慌忙攙起道陛下不干我事你且謝我徒弟行者笑道師父說那里話常言道家無二主你受他一拜見不虧三藏甚不過意攙起那皇帝來同入禪堂又與八戒行者沙僧拜見了方纔按座只見那本寺的僧人整頓了早齋却欲奉來獻忽見那個水衣皇帝個個驚張人人疑說孫行者跳出來道那和尚不要這等驚疑這本是烏鷄國王乃汝之真主也三年前被怪害了性命是老孫昨夜救活如今進他城去要辨明邪正

若有了齋擺將來等我們吃了走路衆僧即奉獻湯水與他洗了面換了衣服把那皇帝赭黃袍脫了本寺僧官將兩領布直裰與他穿了解下藍田帶將一條黃絛子與他繫了褪下無憂履與他一雙舊僧鞋撒了却纔都吃了早齋扣背馬匹行者問八戒你行李有多重八戒道哥哥這行李日逐挑著到也不知有多少重行者道你把那一担分爲兩担將一担兒你挑著將一担兒與這皇帝挑我們趕早進城幹事八戒歡喜道造化造化當時馱他來不知費了多少力如今醫活了原來是個替身那獃子就弄玄虛將行李分開就問寺中取條匾擔輕些的自己挑了

重些的教那皇帝挑着行者笑道陛下着你那般打扮挑着担子跟我們走走可虧你麽那國王慌忙跪下道師父你是我重生父母一般莫說挑担情愿執鞭墜鐙伏侍老爺同行上西天去也行者道不要你西天去我内中有個緣故你只挑得四十里進城待捉了妖精你還做你的皇帝我們還取我們的經也八戒聽言道這等說他只挑四十里路我老猪還是長工行者道兄弟不要胡說趁早外邊引路真個八戒領那皇帝前行沙僧伏侍師父上馬行者隨後只見那本寺五百僧人齊齊整整吹打着細樂都送出山門之外行者笑道和尚們不消遠送但恐官家有

人知覺泄漏我的事機反爲不美快快回去快個上但把那
皇帝的衣服冠帶整頓乾淨或是今晚明早送進城來我
討些封贈賞賜謝你衆僧依命各回訖行者放開大步趕
上師父一直前來正是

西方有訣好尋真金木和同却煉神丹母空懷懞懂憂
嬰兒長恨杌樗身必須井底求明主還要天堂拜老君
悟得色空還本性誠爲佛度有緣人

師徒們在路上那消半日早望見城池相近三藏道悟空
前面想是烏鷄國了行者道正是我們快赶進城幹事那
師徒進得城來只見街市上人物齊整風光鬧熱早又見

鳳閣龍樓十分壯麗有詩為証

海外宮樓如上邦人間歌舞若前唐花迎寶扇紅雲繞
日照鮮袍翠霧光孔雀屏開香靄出珍珠簾捲彩旗張
太平景象真堪賀靜列多官沒奏章

三藏下馬道徒弟呵我們就此進朝倒換關文省得又攪那個衙門費事行者道說得有理我兄弟們都進去人多纔好說話唐僧道都進去莫要撒村先行了君臣禮然後再講行者道行君臣禮就要下拜哩三藏道正是要行五拜三叩頭的大禮行者笑道師父不濟若是對他行禮誠為不智你且讓我先走到裏邊自有處置等他若有言語

讓我對答，我若拜，你們也拜，我若蹲，你們也蹲，你看那惹禍的猴王引至朝門，與各門大使言道，我等是東土大唐駕下，差來上西天拜佛求經者，今到此倒換關文，煩大人轉達，是謂不悮善果，那黄門官即入端門跪下丹墀啟奏道，朝門外有五衆僧人，言是東土唐國欽差上西天拜佛求經，今至此倒換關文，不敢擅入，現在門外聽宣，那魔王即令傳宣，唐僧却同入朝門裏面，那迴生的國主隨行，正行，忍不住，腮邊墮淚，心中暗道，可憐我的銅斗兒江山，鐵圍的社稷，誰知被他陰占了，行者道，陛下切莫傷感，恐走漏消息，這棍子在我耳躲裏跳哩，如今決要見功，管取打殺妖魔掃蕩邪物這江山不久就還歸你也那君王不敢違言只得扯衣揩淚捨死相從徑來到金鑾殿下又見那兩班文武四百朝官一個個威嚴端肅像貌軒昂這行者引唐僧站立在白玉堦前挺身不動那堦下衆官無不悚懼道這和尚十分愚濁怎麼見我王便不下拜亦不開言呼呪喏也不唱一個好大膽無禮說不了只聽得那魔王開口問道那和尚是那方來的行者昂然答道我是南贍部洲東土大唐國奉欽前往西域天竺國大雷音寺拜活佛求真經者今到此方不敢空度特來倒換通關文牒那魔王聞說心中作怒道你東土便怎麼我不在你朝進貢

不與你國相通你怎麼見吾抗禮不行參拜行者笑道我東土古立天朝久稱上國汝等乃下土邊邦自古道上邦皇帝爲父爲君下邦皇帝爲臣爲子你倒未曾接我且敢爭我不拜那魔王大怒教文武官拿下這野和尚去說聲叫拿你看那那多官一齊蹡蹡道行者喝了一聲用手一指教莫來那一指就使個定身法衆官俱莫能行動眞個是校尉堦前如木偶將軍殿上似泥人那魔王見他定住了文武多官急縱身跳下龍床就要來拿猴王暗喜道好正合老孫之意這一來就是個生鐵鑄的頭湯著棍子也打個窟窿正動身不想傍邊轉出一個救命星來你道是誰

原來是烏鷄國王的太子急上前扯住那魔王的錦衣跪在面前道父王息怒妖精問孩兒怎麼說太子道啟父王得知三年前聞得人說有個東土唐朝駕下欽差聖僧往西天拜佛求經不期今日纔來到我邦父王尊性威烈若將這和尚拿去斬首只恐大唐有日得此消息必生嗔怒你想那李世民自稱王位一統江山尚心未足又思過海征伐若知我王害了他御弟聖僧一定興兵發馬來與我王爭敵奈何兵少將微那時悔之晚矣父王依兒所奏且把那四個和尚問他個來歷分明先定他一段不參王駕然後方可問罪這一篇原來是太子小心恐怕來傷了唐

僧、故意留住妖魔、更不知行者空排著要打、那魔王果信
其言、立在龍牀前面、大喝一聲道、那和尚、是幾時離了東
土、唐王因甚事著你求經、行者昂然而答道、我師父乃唐
王御弟、號曰三藏、自唐王駕下有一丞相、姓魏、名徵、奉天
條、夢斬涇河老龍、大唐王夢遊陰司地府、復得回生之後
大開水陸道場、普度寃魂孽鬼、因我師父敷演經文、廣運
慈悲、忽得南海觀世音菩薩指教來西、我師父大發弘願、
情歡意美、報國盡忠、蒙唐王賜與文牒、那時正是大唐貞
觀十三年、九月望前三日、離了東土、前至兩界山、收了我
做大徒弟、姓孫、名悟空行者、又到烏斯國界高家庄、收了

二徒弟姓豬名悟能八戒流沙河界又收了三徒弟姓沙
名悟靜和尚前日在勅建寶林寺又新收個挑担的行童
道人魔王聞說又沒法擒撿那唐僧弄巧計盤詰行者慇
目問道那和尚你初起時一個人離東土又收了四衆那
三僧可讓這一道難容那行童斷然是拐來的他叫做甚
麼名字有度牒是無度牒拿他上來取供諕得那皇帝戰
戰兢兢道師父呵我却怎的供孫行者捻他一把道你休
怕等我替你供好大聖趲步上前對怪物厲聲高叫道陛
下這老道是一個瘖瘂之人却又有些耳聾只因他幼年
間曾走過西天認得道路他的一節兒起落根本我盡知

之望陛下寬恕待我替他供罪。魔王道。趂早實實的替他供來免得取罪。行者道。

供罪行童年且邁。痴聾瘖瘂家私壞。祖居原是此間人五載之前遭破敗。天無雨。民乾壞。君王黎庶都齋戒。焚香沐浴告天公。萬里全無雲靉靆。百姓饑荒若倒懸。鍾南忽降全真怪。呼風喚雨顯神通。然後暗將他命害。推下花園天井中。陰侵龍位人難解。幸吾來。功果大。起死回生無罣礙。情愿皈依作行童。與僧同去朝西界。假變君王是道人。道人轉是真王代。

那魔王在金鑾殿上。聞得這一篇言語。諕得他心頭撞小鹿面上起紅雲急抽身就要走路柰何手內無一兵器轉回頭只見一個鎮殿將軍腰挎一口寶刀被行者使了定身法數挺挺如痴如痖立在那里他近前奪了這寶刀就駕起雲空空而去氣得沙和尚爆燥如雷猪八戒高聲喊叫搃把行者是一個急猴子你就慢說些兒却不穩住他了如今他駕雲逃走却往何處追尋行者笑道兄弟們且莫亂嚷我等叫那太子下來拜父嬪后出來拜夫却又念個呪語解了定身法教那多官甦醒回來拜君方知是真實皇帝教訴前情才見分曉我再去尋他好大聖分付八戒沙僧好生保護他君臣父子嬪后與我師父只聽諗聲

去就不見形影他原來跳在九霄空裡睜眼四望看那魔王哩只見那畜果逃了性命徑往東北上走哩行者赶得將近喝道那怪物那里去老孫來了也那魔王急回頭掣出寶刀高叫道孫行者你好憊懶我來占別人的帝位與你無干你怎麼來報不平泄漏我的機密行者呵呵笑道我把你那個大膽的潑怪皇帝又許你做你既知我是老孫就該遠遁怎麼還刁難我師父要取甚麼供狀適才那供狀是也不是你不要走好漢吃我老孫這一棒那魔側身躲過纏寶刀劈面相還他兩個搭上手這一塲好殺真是

猴王猛魔王强刀迎棒架敢相當一天雲霧迷三界只
爲當朝立帝王

他兩個賭經數合那妖魔抵不住猴王急回頭復從舊路跳入城裡闖在白玉堦前兩邊文武叢中摇身一變即變得與唐三藏一般模樣並攙手立在堦前這大聖赶上就欲舉棒來打那怪三藏道徒弟莫打是我急掣棒要打那個唐僧却又道徒弟莫打是我一樣兩個唐僧實難辨認倘若一棒打殺妖怪變的唐僧這個也成了功果假若一棒打殺我的真實師父却怎麼好只得停手叫八戒沙僧問道果然那一個是怪那一個是我的師父你指與我我

好打他八戒道你在半空中相打相嚷我們瞥瞥眼就見兩個師父也不知誰真誰假行者聞言捻訣念聲呪語叫那護法諸天六丁六甲五方揭諦四值功曹一十八位護駕伽藍當方土地本境山神道老孫至此降妖妖魔變作我師父氣體相同實難辨認汝等暗中知會者請師父上殿讓我擒魔原來那妖怪善騰雲霧聽得行者言語急撤

妙○甚○妙○甚○文○人○至○此○靈○異○極○矣○

手跳上金鑾寶殿這行者舉起棒望唐僧就打可憐若不是喚那幾位神來這一下就是二十個唐僧也打爲肉醬多虧衆神架住鉄棒道大聖妖怪會騰雲先上殿去了行者趕上殿他又跳將下來扯住唐僧在人叢裡又混了一

混依然難認行者心中不快又見那八戒在傍冷笑行者大怒道你這夯貨怎的如今有兩個師父你有得叫有得應有得伏侍哩你這般歡喜得緊八戒笑道哥哥說我獃你比我又獃哩師父既不認得何勞費力你且忍些頭疼叫我師父念念那話兒我與沙僧各攙一個聽着若不會念的必是妖怪有何難也行者道兄弟虧你也正是那話兒只有三人記得原是我佛如來心苗上所發傳與觀世音菩薩菩薩又傳與我師父便再沒人知道也罷師父念念真個那唐僧就念起來那魔王怎麽知得口裡胡哼亂哼八戒道這哼的却是妖怪了他放了手舉鈀就築那魔

王縱身跳起。踏着雲頭便走。好八戒喝一聲。也駕雲頭趕上。慌得那沙和尚丟了唐僧。也掣出寶杖來打。唐僧才停了咒語。孫大聖忍着頭疼。揝着鐵棒。趕在空中。呀。這一場三個狠和尚圍住一個潑妖魔王魔王被八戒沙僧使釘鈀寶杖。左右攻住了。行者笑道我要再去當面打他他却有些怕我只恐他又走了等我老孫跳高些。與他個搗蒜打結果了他罷。這大聖縱祥光。起在九霄。正欲下個切手只見那東北上一朵彩雲裡面厲聲叫道孫悟空。且休下手。行者回頭看處原來文殊菩薩急收棒上前施禮道菩薩。那里去。文殊道我來替你收這個妖怪的。行者謝道累煩了。那菩薩袖中取出照妖鏡。照住了那怪的原身。行者才招呼八戒沙僧齊來見了菩薩。却將鏡子裡看處。那魔王生得好不兇惡。

眼似琉璃盞。頭若煉砂缸。渾身三伏靛。四爪九秋霜。搭拉兩個耳。一尾掃箒長。青毛生銳氣。紅眼放金光。匾牙排玉板。圓鬚挺硬鎗。鏡裡觀真像。原是文殊一個獅猁王。

行者道。菩薩。這是你坐下的一個青毛獅子。却怎麼走將來成精。你就不收服他。菩薩道。悟空。他不曾走。他是佛旨差來的。行者道。這畜類成精。侵奪帝位。還奉佛旨差來。似老孫保唐僧受苦就該領幾道敕書，菩薩道，你不知道當初這烏雞國王好善齋僧佛差我來度他歸西早證金身羅漢因是不可原身相見變做一種凡僧問他化些齋供被吾幾句言語相難他不識我是個好人，把我一條繩綑了送在那御水河中浸了我三日三夜多虧六甲金神救我歸西奏與如來，如來將此怪令到此處推他下井浸他三年，以報我三日水災之恨，一飲一啄，莫非前定今得汝等來此成了功績，行者道，你雖報了甚麼，一飲一啄的私仇，但，那怪物，不知害了多少人也菩薩道也不曾害人自他到後，這三年間，風調雨順國泰民安，何害人之有行者道固然如此但只三宮娘娘與他同眠同起點汚了他的身體壞了多少綱常倫理還叫做不曾害人菩薩道點汚他不得他是個騙了的獅子八戒開言走近前就摸了一把笑道這妖精眞個是糟鼻子不吃酒枉擔其名了行者道旣如此收了去罷若不是菩薩親來决不饒他性命那菩薩却念個呪唱道畜生還不皈正更待何時那魔王才現了原身菩薩放蓮花罩定妖魔坐在背上踏祥光辭了行者噫

徑轉五臺山上去　寶蓮座下聽談經

畢竟不知那唐僧師徒怎的出城且聽下回分解

總評

讀者試思畢竟金丹在老祖爐內否恐離恨天兜率宮不在身外也金丹到手死者可活緣何世人活者反要弄死可恨可恨

[illegible]

[illegible]

第四十回

嬰兒戲化禪心亂　猿馬刀歸木母空

却說那孫大聖兄弟三人撥下雲頭徑至朝內只見那君臣儲后幾班兒拜接謝恩行者將菩薩降魔收怪的那一節陳訴與他君臣聽了一個個頂禮不盡正都在賀喜之間又聽得黄門官來奏主公外面又有四個和尚來也八戒慌了道哥哥莫是妖精弄法假捏文殊菩薩哄了我等却又變作和尚來與我們鬬智哩行者道豈有此理即命宣進來看衆文武傳令着他進來行者看時原來是那寶林寺僧人捧着那冲天冠碧玉帶赭黄袍無憂履進得來

也行者大喜道來得好來得好且教道人過來摘下包巾戴上冲天冠脫了布衣穿上赭黃袍解了縧子繫上碧玉帶褪了僧鞋登上無憂履教太子拿出白玉珪來與他執在手裡早請上殿稱孤正是自古道朝廷不可一日無君那皇帝那里肯坐哭啼啼跪在堦心道我已死三年今蒙師父救我回生怎麽又敢妄自稱尊請那一位師父為君我情愿領妻子城外爲民足矣那三藏那里肯受一心只是要拜佛求經又請行者行者著眼笑道不瞞列位說老孫若肯要做皇帝天下萬國九州皇帝都做徧了只是我們做慣了和尚是這般懶散若做了皇帝就要留頭長髮黃昏

不聽五鼓不眠聽有邊報心神不安見有災荒憂愁無奈我們怎麼弄得慣你還做你的皇帝我還做我的和尚修功行去也那國王苦讓不過只得上了寶殿南面稱孤大赦天下封贈了寶林寺僧人回去却纔開東閣筵宴唐僧一壁廂傳旨宣召丹青寫下唐師徒四位喜容供養在金鑾殿上那師徒們安了邦國不肯久停欲辭王駕投西那皇帝與三宮妃后太子諸臣將鎮國的寶貝金銀段帛獻與師父酬恩那三藏分毫不受只是倒換關文催悟空等背馬早行那國王甚不過意擺整朝鑾駕請唐僧上坐著兩班文武引導他與三宮妃后并太子一家兒捧轂推輪

送出城廓却纔下龍輦與衆相别國王道師父呵到西天
經回之日是必還到寡人界内一顧三藏道弟子領命那
皇帝闔淚汪汪遂與衆臣回去了那唐僧一行四僧上了
羊腸大路一心裏專拜靈山正值秋盡冬初時節但見
霜凋紅葉林林瘦雨熟黄粱處處盈日暖嶺梅開曉色
風摇山竹動寒聲
師徒們離了烏鷄國夜住曉行將十月有餘忽又見一座
高山真個是摩天礙日三藏馬上心驚急兜韁忙呼行者
行者道師父有何分付三藏道你看前面又有大山峻嶺
須要仔細隄防恐一時又有邪物來侵我也行者笑道只

晉走路莫再多心老孫自有防護那長老只得寬懷加鞭
策馬奔至山巖果然也十分險峻但見得
高不高頂上接青霄深不深澗中如地府山前常見骨
都都白雲圪騰騰黑霧紅梅翠竹綠栢青松山後有千
萬丈挾魂靈臺臺後有古古怪怪藏魔洞洞中有叮叮噹
噹滴水泉泉下更有灣灣曲曲流水澗又見那跳天搠地
獻果猿丫丫叉叉帶角鹿呢呢痴痴看人獐至晚巴山
尋穴虎待曉翻波出水龍登得洞門吻喇的亮驚得飛
禽撲魯的起看那林中走獸鞠律律的行見此一夥禽
和獸嚇得人心圪磴磴驚堂倒洞堂堂倒洞洞當當倒

洞當仙青石染成千塊玉碧紗籠罩萬堆煙

師徒們正當悚懼又只見那山凹裏有一朵紅雲直冒到九霄空內結聚了一團火氣行者大驚走近前把唐僧搊著腳推下馬來叫兄弟們不要走了妖怪來矣慌得個八戒急掣釘鈀沙僧忙輪寶杖把唐僧圍護在當中話分兩頭却說紅光裏眞是個妖精他數年前聞得人講東土唐僧往西天取經乃是金蟬長老轉生十世修行的好人有人吃他一塊肉延生長壽與天地同休他朝朝在山間等候不期今日到了他在那半空裏正然觀看只見三個徒弟把唐僧圍護在馬下各各准備這精靈誇讚不盡道好

和尚我纔看著一個白面胖和尚騎了馬真是那唐朝聖僧却怎麼被三個醜和尚護持住了一個個伸拳斂袖各執兵器似乎要與人打的一般噫不知是那個有眼力的想應認得我了似此模樣莫想得那唐僧的肉吃沉吟半晌以心問心的自家商量道若要倚勢而擒莫能得近或者以善迷他却到得手但哄得他心迷惑待我在善内生機斷然拿了且下去戲他一戲好妖怪即散紅光按雲頭落下去那山坡裏搖身一變變作七歲頑童赤條條的身上無衣將麻繩綑了手足高吊在那松樹稍頭口口聲聲只叫救人救人却說那孫大聖忽擡頭再看處只見那紅

雲散盡．火氣全無．便叫師父請上馬走路．唐僧道．你說妖怪來了．怎麼又敢走路．行者道．我纔然間見一朵紅雲．從地而起．到空中結做一團火氣．斷然是妖精．這一會紅雲散了．想是個過路的妖精．不敢傷人．我們去耶．八戒笑道．師兄說話最巧．妖精又有個甚麼過路的．行者道．你那裡知道．若是那山那洞的魔王設宴．邀請那諸山各洞之精赴會．却就有東西南北四路的精靈都來赴會．故此他只有心赴會．無意傷人．此乃過路之妖精也．三藏聞言．也似信不信的．只得攀鞍在馬．順路奔山前進．正行時．只聽得叫聲救人．長老大驚道．徒弟呀．這半山中．是那里甚麼人

叫行者上前道師父只管走路莫纏甚麼人轎騾轎明轎
暗轎這所在就是扛也没個人擡你唐僧道不是扛擡之
轎乃是叫喚之叫行者笑道我曉得莫管閒事且走路三
藏依言策馬又進行不上一里之遥又聽得叫聲救人長
老道徒弟這個叫聲不是鬼魅妖邪不是鬼魅妖邪但有
出聲無有回聲你聽他叫一聲又叫一聲想必是個有難
之人我們可去救他一救行者道師父今日且把這慈悲
心畧收起收起待過了此山再發慈悲罷這去處凶多吉
少你知道那倚草附木之說是物可以成精諸般還可只
有一般蟒蛇但修得年遠日深成了精魅善能知人小名

兒他若在草科裏或山凹中叫人一聲人不答應還可若答應一聲他就把人元神綽去當夜跟來斷然傷人性命且走且走古人云脫得去謝神明切不可聽他長老只得依他又加鞭催馬而去行者心中暗想這潑怪不知在那里只管叫呵叫的等我老孫送他一個卯酉星法教他兩不見面好大聖叫沙和尚前來攏著馬慢慢走著讓老孫解解手你看他讓唐僧先行幾步却念個咒語使個移山縮地之法把金箍棒往後一指他師徒過此峯頭往前走了却把那怪物撇下他再搶開步赶上唐僧一路奔山只見那三藏又聽得那山背後叫聲救人長老道徒弟呀那

有難的人大沒緣法不曾得遇著我們我們走過他了你聽他在山後叫哩八戒道在便還在山前只是如今風轉了也行者道管他甚麼轉風不轉風且走路因此遂都無言語恨不得一步跁過此山不題話下却說那妖精在山坡裏連叫了三四聲更無人到他心中思量道我等唐僧在此望見他離不上三里却怎麼這半晌還不到想是抄下路去了他抖一抖身軀脫了繩索又縱紅光上空再看不覺孫大聖仰面一觀識得是妖怪又把唐僧撮著腳推下馬來道兄弟們仔細仔細那妖精又來也慌得那八戒沙僧各持鈀棍將唐僧又圍護在中間那精靈見了在生

空中稱羨不已道好和尚我纔見那白面和尚坐在馬上却怎麼又被他三人藏了這一去見面方知先把那有眼力的弄倒了方纔捉得唐僧不然呵徒費心機難獲物枉勞情興總成空即按下雲頭却似前番變化高吊在那松樹梢頭等候這番却不上半里之地却說那孫大聖擡頭再看只見那紅雲又散復請師父上馬前行三藏道你說妖精又來如何又請走路行者道這還是個過路的妖精不敢惹我們長老又懷怒道這個潑猴十分弄我正當有妖魔處却說無事似這般清平之所却又來嚇我不時的嚷道有甚麼妖精虛多實少不管輕重將我攛著腳捽下

馬來如今却解説甚麼過路的妖精假若跌傷了我却也過意不去這等這等行者道師父莫怪若是跌傷了你的手足却還好醫治若是被妖精撈了去却何處跟尋三藏大怒哏哏的要念緊箍兒呪却是沙僧苦勸只得上馬又行還未曾坐得穩又聽得叫師父救人呵長老擡頭看時原來是個小孩童赤條條的吊在樹上兜住轡便罵行者道這潑猴多大憊懶全無有一點兒善良之意心心只是要撒潑行兇哩我那般說叫喚的是個人聲他就千言萬語只嚷是妖怪你看那樹上吊的不是個人麼大聖見師父怪下來了却又覿面看見模樣一則做不得手脚二來

又怕念緊箍兒呪。低著頭。再也不敢回言。讓唐僧到了樹
下。那長老將鞭稍指著問道。你是那家孩兒。因有甚事。吊
在此間。說與我好救你。噫。分明他是個精靈變化得這等。
那師父却是個肉眼凡胎。不能相識。那妖魔見他下問。越
弄虛頭。眼中噙淚叫道。師父。呀。山西去有一條枯松澗。澗
那邊有一庄村。我是那里人家。我祖公公姓紅。只因廣積
金銀。家私巨萬。混名喚做紅百萬。年老歸世已久。家產遺
與我父。近來人事奢侈。家私漸廢。改名叫做紅十萬。專一
結交四路豪傑。將金銀借放。希圖利息。怎知那無籍之人
設騙了去呵。本利無歸。我父發了洪誓。分文不借。那借金

銀人身無活計，結成兇黨，明火執杖，白日殺上我們，將我財帛盡刼，擄把我父親殺了，見我母親有些顏色，拐將去做甚麼壓寨夫人。那時節，我母親捨不得我，把我抱在懷裏，哭哀哀，戰兢兢，跟隨賊寇，不期到此山中，又要殺我，多虧母親哀告，免教我刀下身亡，却將繩子吊我在樹上，只教凍餓而死，那些賊將我母親不知掠往那裏去了。我在此已吊三日三夜，更沒一個人來行走，不知那世裏修積，今生得遇老師父，若肯捨大慈悲，救我一命回家，就典身賣命，也酧謝師恩，致使黃沙蓋面，更不敢忘也。三藏聞言，認了真實，就教八戒解放繩索，救他下來。那獃子也不識人便要上前動手行者在傍忍不住喝了一聲道那潑物有認得你的在這里哩莫要只管架空搗鬼說謊哄人你旣家私被刼父被賊傷母被人擄救你好盤詰去交與誰人你將何物與我作謝這謊脫節了耶那怪聞言心中害怕就知大聖是個能人暗將他放在心上却又戰戰兢兢滴淚而言曰師父雖然我父母空亡家財盡絕還有些田產未動親戚皆存行者道你有甚麽親戚妖怪道我外公家在山南姑娘住居嶺北澗頭李四是我姨夫林內紅三是我族伯還有堂叔堂兄都住在本庄左右老師父若肯救我到了庄上見了諸親將老師父拯救之恩一一對衆言說與

賣些、田產、重重酧謝也、八戒聽說、扛住行者道、哥哥這等一個小孩子家、你只管盤詰他怎的、他說得是強盜只打刼他些浮財、莫成連房屋田產也刼得去、若與他親戚們說了、我們縱有廣大食腸、也吃不了他十畝田價、救他下來罷、獃子只是想著吃食、那里管甚麼好歹、把戒刀、挑斷繩索、放下怪來、那怪對唐僧馬下、淚汪汪只情磕頭、長老心慈、便叫孩兒、你上馬來、我帶你去、那怪道、師父呵、我手脚都吊麻了、腰胯疼痛、一則是鄉下人家、不慣騎馬、唐僧叫八戒馱著、那妖怪抹了一眼道、師父、我的皮膚都凍熟了、不敢要這位師父馱、他的嘴長耳大、腦後鬃硬、搠得我慌唐僧道敎沙和尚馱著那怪也抹了一眼道師父那些賊來打刼我家時一個個都搽了花臉帶假鬍子拿刀弄杖的我被他諕怕了見這位晦氣臉的師父一發沒了魂了也不敢要他馱唐僧敎孫行者馱著行者呵呵笑道我馱我馱那怪物暗自歡喜順順當當的要行者馱他行者把他扯在路傍邊試了一試只好有三斤十來兩重行者笑道你這個潑怪物今日該死了怎麼在老孫面前搗鬼我認得你是個那話兒呵妖怪道師父我是好人家兒女不幸遭此大難我怎麼是個甚麼那話兒行者道你旣是好人家兒女怎麼這等骨頭輕妖怪道我骨格兒小行者

道你今年幾歲了那怪道我七歲了行者笑道一歲長一斤也該七斤你怎麼不滿四斤重麼那怪道我一時失乳行者説也罷我馱著你若要尿尿把把須和我説三藏纔與八戒沙僧前走行者背著孩兒隨後一行徑投西去有

詩爲証

道德高隆魔瘴高　禪機本靜靜生妖
心君正直行中道　木母癡頑躧外趣
意馬不言懷愛慾　黃婆無語自憂焦
客邪得志空歡喜　畢竟還從正處消

孫大聖馱著妖魔心中埋怨唐僧不知艱苦行此險峻山塲空身也難走却教老孫馱人這廝莫説他是妖怪就是

好人他沒了父母不知將他駝與何人倒不如摜殺他罷那恠物却早知覺了便就使個神通往四下里吸了四口氣吹在行者背上便覺重有千斤行者笑道我兒呵你弄重身法壓我老爺哩那恠聞言恐怕大聖傷他却就解尸出了元神跳將起去佇立在九霄空裏這行者背上越重了猴王發怒抓過他來往那路傍邊賴石頭上滑辣的一摜將屍骸摜得相個肉餅一般還恐他又無禮索性將四肢扯下丟在路兩邊俱粉碎了那物在空中明明看著忍不住心頭火起道這猴和尚十分憊懶就作我是個妖魔要害你師父却還不曾見怎麼下手哩你怎麼就把我這

等傷損早是我有筭計出神走了不然是無故傷生也若不趁此時拿了唐僧再讓一番越教他停留長智好怪物就此半空裡弄了一陣旋風呼約一聲响喨走石揚沙誠然兇狠好風（樣小小年紀已會弄風了）

淘淘怒捲水雲腥黑氣騰騰閉日明嶺樹連根通拔盡野梅帶幹悉皆平黃沙迷目人難走怪石傷殘路怎平滚滚團團平地暗徧山禽獸發𠵅聲

刮得那三藏馬上難存八戒不敢仰視沙僧低頭將大聖情知是怪物弄風急縱步來趕時那怪已騁風頭將唐僧攝去了無踪無影不知攝向何方無處跟尋一時間

風聲暫息。日色光明。行者上前觀看。只見白龍馬戰兢兢發喊聲嘶。行李擔丟在路下。八戒伏於崖下呻吟。沙僧蹲在坡前叫喚。行者喊八戒。那獃子聽見是行者的聲音。却擡頭看時。狂風已靜。爬起來。扯住行者道。哥哥好大風呵沙僧却也上前道。哥哥這是一陣旋風。又問師父在那里八戒道。風來得緊。我們都藏頭遮眼。各自躲風。師父也伏在馬上的。行者道。如今却往那里去了。沙僧道。是個燈草做的。想是一風捲去也。行者道。兄弟們。我等自此就該散了。八戒道。正是。趁早散了。各尋頭路。多少是好。那西天路無窮無盡。幾時能到得。沙僧聞言。打了一個失驚。渾身麻未道師兄你都說的是那里話我等因為前生有罪感蒙觀世音菩薩勸化與我們摩頂受戒改換法名皈依佛果情愿保護唐僧上西方拜佛求經將功折罪今日到此一旦俱休說出這等各尋頭路的話來可不違了菩薩的善果壞了自已的德行惹人恥笑說我們有始無終也行者道兄弟你說的也是柰何師父不聽人說我老孫火眼金睛識得好歹纔然這風是那樹上吊的孩兒弄的我認得他是個妖精你們不識那師父也不識認作是好人家兒女教我馱著他走是老孫算計要擺佈他他就弄個重身法壓我是我把他摜得粉碎他想是又使解屍之法弄陣

旋風把我師父攝去也因此上怪他每每不聽我議故我意懶心灰說各人散了既是賢弟有此誠意教老孫進退兩難八戒你端的要怎的處八戒道我纔自失口亂說了幾句其實也不該散哥哥沒及奈何還信沙弟之言去尋那妖怪救師父去行者却回嗔作喜道兄弟們還要來結同心收拾了行李馬匹上山找尋怪物答救唐僧去三個人附葛扳籐尋坡轉澗行經有五七十里却也沒個音信那山上飛禽走獸全無老栢喬松常見孫大聖著實心焦將身一縱跳上那巔嶮峰頭喝一聲叫變變作三頭六臂似那大鬧天宮的本像將金箍棒幌一幌變作三根金箍

棒勞哩撲了的往東打一路往西打一路兩邊不住的亂打八戒見了道沙和尚不好了師兄是尋不著師父惱出氣心風來了那行者打了一會打出一夥窮神來都披一片掛一片裩無襠褲無口的跪在山前叫大聖山神土地來見行者道怎麼就有許多山神土地衆神叩頭道上告大聖此山喚做六百里鑽頭號山我等是十里一山神十里一土地共該三十名山神三十名土地昨日已此聞大聖來了只因一時會不齊故此接遲致令大聖發怒萬望恕罪行者道我且饒你罪名我問你這山上有多少妖精衆神道爺爺啞只有得一個妖精把我們頭也摩光了弄

得我們少香沒紙血食全無一個個衣不充身食不充口還吃得有多少妖精哩行者道這妖精在山前住是山後住衆神道他也不在山前山後這山中有一條澗叫做枯松澗澗邊有一座洞叫做火雲洞那洞裏有一個魔王神通廣大常常的把我們山神土地拿了去燒火頂門黑夜與他提鈴喝號小妖兒又討甚麼常例錢行者道汝等乃是陰鬼之仙有何錢鈔衆神道正是沒錢與他只得捉幾個山獐野鹿早晚間打點羣精若是沒有相送就要打折廟宇剝衣裳攪得我等不得安生萬望大聖與我等剿除此怪拯救山上生靈行者道你等既受他節制常在他洞

下。可知他是那里妖精。叫做甚麼名字。衆神道。說起他來。
或者大聖也知道。他是牛魔王的兒子。羅刹女養的。他曾
在火焰山。修行了三百年。煉成三昧真火。却也廣大神通。
牛魔王使他來鎮守號山。乳名叫做紅孩兒。號叫做聖嬰
大王。行者聞言。滿心歡喜。喝退了土地山神。却現了本像。
跳下峯頭。對八戒沙僧道。兄弟們放心。再不須思念師父。
決不傷生。妖精與老孫有親。八戒笑道。哥哥莫要說謊。你
在東勝神洲。他這里是西寧賀洲。路程遥遠。隔著萬水千
山。海洋也有兩道。怎的與你有親。行者道。剛纔這夥人。都
是本境土地山神。我問他妖怪的原因。他道是牛魔王的